A
A

<질.투.의.화.신.이.야.기>

롤리팝~♡

Lollipop

〈질.투.의.화.신.이.야.기〉

징검다리

Lollipop 1 5

'뽕뽕뽕뽕-'

'우당탕탕 뽕요뽕요뽕요'

=Game Over=

"와와와와!!! 또 이겼다!!!"

"이씽… 또 졌어. ㅜ^ㅜ"

"내가 이겼지? 이번엔 말도 안 되는 핑계 대지 않는 거지? 빨리 자장면 시켜시켜시켜!!!"

"-_- 치사해."

"뭐가 치사해!!! 아까도 치사하다고 해서 벌써 10번째 한 거야. 빨리 시켜. -_- 간자장 곱배기!!!-0-!!!"

"안 돼. -_- 그냥 자장 먹어."

"너야말로 치사해. -_-"

"메롱~~ -ㅠ-"

난 왜 이렇게 바보 같을까…. ㅜ^ㅜ

매번 지면서 매번 자장면 게임을 하자고 하는 건 나다. 주말이면 저 녀석에게 내 쌈짓돈을 다 빼앗겨 버린다.

얌채 같은 가유환…. 두고 봐. 언젠가 니가 게임에서 지는 날엔 랍스타 먹으러 가자고 할거야.

잠시 후 자장면이 배달오고 유환이와 누가 입에 많이 묻히고 먹나 내기라도 하듯이 숨도 안 쉬고 넘겼다.

"우엑… 강아윤… 돼지돼지돼지. -0-"

"가유환… 입 시궁창시궁창시궁창. 〉_〈"

"단무지 고만 좀 먹어!!! 니가 혼자 10개나 먹은 거 내가 다 봤어. -_-"

"꽁생원. -_- 그걸 다 세고 앉았냐…?"

"좀 치사했나?"

"어. 아주 많이 치사했어."

"그래?… 이미지 실추된 거네?"

"너 원래 이미지 바닥이었어. 너무 맘 쓰지마. -_-"

"씹숑. -_-…"

결국 마지막 단무지는 녀석에게 양보하고 난 대신 녀석이 잠깐 화장실에 간 사이에 몰래 녀석의 자장면 한입을 내 입 속으로 넣었다.

-_-V

이 정도면 대 만족이다.

"야… 너 내 거 먹었지…. 좀 줄은 거 같애."

"아니!! 안 먹었어. 〉_〈"

"알지만 봐 준다. -_-"

"응. 넌 역시 최고야 최고최고최고!!-0-!!"

"-_-…."

그렇게 황금 같은 일요일에 난 유환이와 게임 10판과 자장면 하나에 행복해 한다.

그릇을 말끔히 씻어서 내놓고 둘이 천장을 보며 누웠다. -0-

"우리 대개 한심해. 남들은 주말이 제일 좋다는데 난 이게 뭐냐…. 여자 같지도 않은 너랑… 하루종일 딩굴딩굴."

"나도 동감…. 너 같은 꽁생원과 주말 내내… 에휴…."

우린 서로를 은근히 씹어대며 한참동안 신세타령을 했고 우리만 빼놓고 놀러 가신 유환이네 부모님과 우리 부모님을 살짝 걱정해 줬다. -_-;

밤 10시가 되어서야 우리 엄마, 아빠는 돌아오셨고 그제서야 녀석은 집으로 돌아갔다.

녀석은 얼마나 집으로 가고 싶었는지 지 가방이며 모자며 다 두고 가버렸다.

어떻게 가방을 까먹고 가냐. -_-;;

난 방문을 걸어 잠그고 녀석의 가방을 뒤지기 시작했다. -_-;;

지갑이라도 발견되면 오늘은 땡잡은 거다.

가방 속엔 녀석의 안경케이스와 다이어리 같은 거 하나, 볼펜 하나, 지갑 하나… 가 들어있었다.

우선 지갑을 열었다. -_-;;

지갑 속엔… 와우!!+_+!! 3만 원이라는 거액이 들어있었다.

갈등 때린다. -_- 이걸 슬쩍해-_-? 말어-_-?

우선 그 어려운 고민은 뒤로 미뤄놓기로 했다.

다음은 다이어리 _

남자애가 이런 것도 있네. -_- 한 장 한 장 넘겨봤다.

별 내용은 없다.

첫 장엔 녀석과 내가 고등학교 입학식 날 함께 찍었던 스티커사진이 붙어있었다.

캬캬캬… 다시 봐도 웃기다.

난 곱슬곱슬 아줌마 파마머리 가발을 썼고 녀석은 대머리 가발을 쓰고 찍었다.

우하하하하… 이거 녀석에게 애인이 생기면 꼭 보여줘야겠다.

바로 도망가겠지?? 뽀히히히힛. >_<

-삐빅-

[야!! 내 가방 놓고 갔네. 그냥 놔둬. 있다 밤에 찾으러 갈게 -베스뚜유화니-]

난 흠칫 놀라서 +_+ 낼름 가방을 후다다닥 다시 챙겨서 넣었다.

돈은 다음에 챙기기로 했다.-_-

사실 난 너무 착하고 마음이 약해서 이런 짓 잘 못한다. ^^;

엄마, 아빠와 함께 저녁을 배부르게 먹고 아이스크림을 사러 슈퍼로 덜렁덜렁 나갔다.

"저기 뭐 좀 물어볼게."

"네? 저여?"

"어, 너."

"네, 말씀하세요. +_+"

"대한 고등학교가 어디냐?"

"어, 우리학굔데…. +_+ 여기서 가까워요."

"어딘데?"

"욜로 쭉 가서… 좌회전 한 다음에 다시 우회전하고 쭉 가면 나와여."

"그래?… 고맙다…. 내일 보자. ^-^"

"네? -_-;; 근데… 그쪽 내일부터 대한고 다니나여?"

"어."

"몇 학년이세여?"

"2학년."

"그럼 나랑 동갑이네여?"

"그런가? 근데 왜 물어봐 -_-? 나한테 관심 있니?"

"근데 왜 반말이… 세요?"

"동갑이라며…? 문제 있나?"

"아뇨. -_-… 잘 가요…."

건방진 것-_-…

하도 넉살이 좋아 보여서 한참 그놈이 가는 걸 지켜봤다.

"강아윤!! 뭐하냐!!"

"어… 유환아…."

"가방 내놔."

"우리집에 있는 걸 왜 여기서 내노래. -_-"

"뛰어갔다 와…."

"미친. -_-;;; 나 아이스꾸림 좀 먹고…. 너도 먹을래?"

"응. ^-^"

"거지새끼. -_-"

"-_-…"

녀석에게 이쁘장한 아이스크림을 하나 물려놓고 내 방 창문에서 가방을 냅다 던져줬다.

아이스크림과 박치기되어 가방이 크림 범벅이 됐다.

우하하하하… 꼬소하다. -_-;;;

"너 죽을래!!"

"앙 ^-^ 유환아~ 잘 가. 〉_〈"

"내일 봐. -_- 100대 맞을 준비하고 와라."

"그러든가…. ^-^… 빠빠이. >_<"
오늘은 잠이 잘 올 것 같다. -_-
작은 거에 기쁨을 찾는 나는 범벅된 유환이의 가방을 상상하며 달콤쌉살스레 꿈나라로 빠져들었다. ^-^

Lollipop 2

어제 너무 푹~ 쉬어서 그런지 월요일임에도 불구하고 기분이 상쾌하다.
나도 언젠가는 주말을 바쁘게 보내고 힘든 월요일을 맞이하는 날이 오겠지. -_-;
유환이와 스쿨버스를 기다렸다. 그런데 얼마 전부터 우리 정류장에서 버스를 타면 꼭 한 자리만 비어있는 불상사가 발생한다.
다시 말하면 유환이와 내가 둘 중에 한 명만 앉아갈 수 있다는 거다.
처음엔 그 사실을 나만 알아서 슬쩍 먼저 타서 앉아 갔는데 이 약아빠진 놈이 언제 눈치를 챘는지 버스가 오면 은근슬쩍 날 밀치고 먼저 타려한다.
"왜 밀어-_-?"
"너야말로-_-?"
"무슨 남자가 그러냐!!"

"넌-_-? 니가 더 치사해. 난 토요일 날 눈치챘네. -_- 왜 나만 서서가나 그동안 이상했어."

"둔한 것. 크크."

결국 엉덩이 싸움에 져서 내가 서서간다. ┬0┬

가방이라도 들어줄 주 알았는데 얄짤 없다.

치사한 놈.-_-+

계속 서로를 째려보면서 학교에 도착을 했다.

내 짝궁 연정이가 반갑게 맞아준다.

"아윤아 ^-^ 주말 잘 보냈어?"

"아뉘. ┬0┬"

"아윤아아윤아, 나 남자친구 생겼다.^-^"

"헉, 정말?? 어디서 구했어?"

"부킹으로."

"아 -_- 엄머. 연정이 까졌어. 나이트도 다니고…. 〉_〈 우리 엄마가 까진 애랑 놀지 말랬는데… ㅎㅎㅎ."

"하하하하 아윤아 숙제 좀 보여줘.^-^"

"-_- 응."

연정이는 신나게 내 숙제를 베껴댄다.-_-

주말 내내 숙제도 안 하고 얜 무슨 일로 이렇게 바빴을까? 나도 바쁘고 싶은데….-_-;

오늘 들은 과목 책들을 쭉 챙기고 조회시간을 기다렸다.

여전히 연정이는 눈이 180도씩 돌아가며 열심히 베끼기 질을 멈

추지 않았다. -_-;;

“오늘 전학생이 왔다. 인사해라.”

이어서 들어오는 잘 생긴 전학생 _

“안녕. ^-^ 난 권사교야. 나 잘 생겼지? ^-^ 앞으로 잘 해보자.”

미쳤어. -_-;; 뭐 저런 뻔뻔스런 게 다 있어. 음~ 권사교… 사교? 사교댄스?

“음, 다들 전학생한테 잘 해주고 저기 뒤에 유환이 옆에 앉아라.”

얼-_- 가유환도 짝이 생겼네. 맨날 짝 없이 혼자 앉아있는 놈을 놀려주는 재미도 쏠쏠했는데…. -_-

너도 이제 외기러기가 아니구나.

사교란 뻔뻔한 전학생은 유환이 옆에 앉아서 뭐라뭐라 말을 건다.

보통 전학생들은 한 두어 달 간은 수줍어 하다가 세 달째나 되어야 실체가 드러나곤 하는데 저놈은 좀 특이한 케이스 같다. -_-

“야야 아윤아. 쟤 잘 생겼다. 그치?”

“누구?”

“전학생. >_< 야야 어떡해. 내 스타일이야. ㅜ0ㅜ”

“너 남자친구 생겼다며? -_-”

“남자는 한 명 사귀라고 있는 건가? 많을수록 좋은 거지 뭐.”

“연정아. =_=”

첫 시간에 영어 선생님은 참 숙제 검사를 꼼꼼히 한다.

선생님은 연정이와 내 노트를 나란히 펼쳐놓고 한참 고개를 갸우뚱 하시더니…. ┬0┬

"누가 베꼈니?"

하신다. 우어~ 걸렸구나.

"저여. ╥0╥"

연정이는 착실하게도 사실을 말했고 선생님은 _

"보여준 사람이 더 나빠. -_-"

하시며 내게 복도행을 명하셨다.

아오 -_- 재수 없는 놈은 뒤로 넘어져도 코가 깨진다고 억울하기 짝이 없잖아!

사실 연정이가 이쁘장해서 샌님들이 편애하는 건 사실이다.

내가 복도로 나가는 걸 보고 유환이는 엄지손가락을 높게 뻗어 엄청나게 좋아한다. -_-

아 재섭써. 다 한패야. ┬0┬

거지같은 세상은 다 한패야. -_-

쉬는 시간이 되어서야 난 교실로 들어오는 것을 허락 받고 연정이는 많이 미안한 지 내게 빵과 우유를 건넸고 유환이는 비웃음을 아낌없이 내게 선물해댔다. 그리고 전학생과는 한 시간만에 어찌나 친해졌는지 둘이 함께 날 비웃어댔다.

전학생은 유환이의 팔짱을 끼고 내게 웃으며 다가온다.

"벌쟁이, ^-^ 나 기억 안 나?"

"댁 누구쇼? -_-"

"나 어제 너한테 우리 학교 물어봤는데…. ^-^"

"아~ 그 싸가지가 너야 -_-?"

"싸가지라니? 핸섬 보이라고 불러줘. ^-^"

"짜증나. -_-"

이 세상은 온통 싸이코들 천지-_-야.

수업이 모두 끝나고 난 당연히 유환이와 함께 가려고 가방을 들고 녀석에게 다가갔다.

"아윤아, 먼저 가. ^-^ 나 오늘 사교랑 놀러가기로 했어."

"어딜-_-?"

"좋은데. ^-^ 먼저 가라."

"배신자. 꺼져. -_-"

"그래. 난 이만 꺼진다. 안뇽. >_<"

개늠. ㅜ0ㅜ

새 친구 생겼다고 이 불쌍하고 할 일 없는 친구를 버리다니 역시 남자는 친구로 삼기에는 부적합한 존재야.

Lollipop 3

날 버리고 가버린 유환이 놈을 씹어대며 교문을 벗어났다.

"아윤아!!"

"연정아. ㅜ^ㅜ"

"왜 혼자 가? 유환이는!!"

"전학생이랑 친해졌는 지 나보고 꺼지래. 어흑~ 나 서러워, 연정아. 넌 어디 가니?"

"나… 아르바이트. ^-^"

"너 아르바이트도 해 -_-?"

"응. 아르바이트 해."

"무슨?"

"나중에 말해줄게. ^-^"

"비밀이야 -_-?"

"살짝 비밀이지. ^-^"

"그래 잘 가라. -_-"

진정으로 연정이는 바쁘신 몸이시다. 남자랑 만나면서 놀기도 바빠 보이는데 아르바이트까지 한다니…. 와우~

연정이도 가고 이제 난 무얼하며 이 긴 오후를 견뎌낼 것인가.

핸드폰을 꺼내서 'ㄱ' 부터 'ㅎ' 까지 검색을 하기 시작했다.

없구나. -0-

결국 마땅히 전화할 곳을 찾지 못한 나는 서둘러 집으로 향했다. -_-;

집에 도착하고 말끔히 샤워를 하고 컴퓨터를 켰다.

화상채팅이나 한번 해볼까 -_-?

www.ohmylove.co.kr.

가입 후 접속 성공.

나:하이 방가르 까궁-_-

그쪽:캠을 켜시지요.

나:캠 없어요.…

그쪽:캠 없어요? 음~ 그렇다면 www.skylove.co.kr로 가보십시오.

대회가 종료되었습니다

우엥~ 모두들 나를 무시하는구나. -_-

온라인 상에서까지 무시를 당한 나는 이불을 뒤집어 쓰고 잠이 들었다. -_-;

"아윤아!! 유환이 왔어. 일어나 봐."

"음~ =_= 엄마 졸려."

"유환이 왔다고 기집애야. 일어나!!!"

"꺼지라고 해. -_- 배신자는 필요 없다고 전해죠."

"알았다."

엄마는 방문을 닫고 나가셨고 잠시 후 또 방문이 열리는 소리가 들렸다.

"엄마, 나 졸려!!!"

"엄마 아닌데. -_- 배신잔데."

"꺼져꺼져꺼져."

"삐지긴…. -_- 야 나가자!!! 내가 떡볶이 사줄게. ^-^"

"떡볶이 -_-? 흠 부족해부족해. 옵션으로 순대도 달아죠. -_-"

"알았어. 빨리 일어나."

난 후다닥 일어나 뻗친 머리를 정리하고 나의 베스트 푸렌드(곰새 호칭 바꼈습니다. -_-) 유환이를 따라 나섰다.

밤 11시에 우리는 떡볶이와 순대를 먹으러 단골집을 찾아 나섰다.

"아윤아, 저기 연정이 아니니?"

"어디?"

"저기 빨간 원피스 입은 애."

"쟤-_-? 아니야. 연정이가 저런 야한 옷을 입고 다니겠냐?"

"맞는 거 같은데…. 똑같이 생겼어 봐봐."

"아니야!!! 연정이가 좀 놀긴 해도 저러고 다니진 않아."

"맞는 거 같은데? -_-a"

사실 렌즈를 빼놓고 왔기 때문에 눈 앞에 보이는 건 온통 안개속의 사람들 뿐이다. -_-

떡볶이에 마음이 급했었는지 연정일 리가 없다고 단정하고 유환이의 손을 잡아끌고 경보걸음을 걸었다.

유환이는 떡볶이를 먹는 내내 연정이가 맞는 거 같다며 갸우뚱거린다.

"야!! 연정이면 어떻구 아니면 어때!!! 내일 물어보면 되지. 연정이한테 왜 이렇게 관심이 많어. -0- 혹시 러브러브?"

"미친. -_-"

"뽀하하하 맞구나!!! 얼굴 빨개졌는데? 하하하하."

"떡이 매워서 그래. 생사람 잡지 마라. 유치해 강아윤."

"아니면 말구. 먹자!!!-0-!!!"

"너 계속 먹고 있었잖아. -_-"

"-_-쪼잔해. 제발 뭐 먹을 때 내가 얼마나 먹었나 세지 좀 마. 근데 냠냠… 유환아 아까 사교댄스랑 어디 갔었어?"

"사교댄스? 하하!! 사교랑 그냥 친구 된 기념으로 스타 한판 했어. 좋은 애 같더라. ^-^"

그렇겠지~ 그러시겠지~ 빼놓고 하니까 마우스가 잘도 움직이든? 어우 어우~ 생각할수록 배신감. ㅜ_ㅜ"

"^-^ 너도 내일부터 친하게 지내. 이제 안 빼놓을게."

"됐네요!!! 나도 새 친구 사겨서 너 왕따 시킬거야."

"ㅜ_ㅜ 그러지마. 나 왕따 시키지마."

"유환아 귀염 떠는 거니-_-?"

"응."

"역겨워 역겨워 역겨워. 〉_〈"

"-_-"

다 먹고난 후 집으로 가기가 너무 싫었던 우리는 피씨방에서 2시간을 더 때우다가 새벽 2시에 집으로 들어갔고 엄마는 그런 날 삶아먹으려 했다. -_-;;;

Lollipop 4

다음 날 난 학교에 가자마자 연정이에게 달려갔다.

"연정아, 너 혹시 어제 빨간 원피스 입었었어?"

"어?… 왜?"

"유환이 새끼가 자꾸 너라고 우기잖아. 아닌 거 같은데…."

"아니야. ^.^"

"그치? 사실 그 옷이 좀 많이 야했거든. 너 아닌 거 같았어."

"응."

"가유환!!! 아니래잖아!!!"

난 헐레벌떡 뛰어서 유환이의 뒤통수를 날렸다. -_-

"아씨!!"

"아니래아니래. 히히."

"머리 좀 때리지마!!!"

"화났어? 화났어? 풀어. 이잉~〉_〈"

"우엑. -_-"

한참 실랑이를 벌이고 있을 때 사교댄스가 등교를 하는 지 한쪽 어깨에 가방을 들쳐 메고 들어왔다.

"야, -_- 내 짝궁이랑 놀지마!! 절루 가!!!"

굴러 들어온 돌멩이가 박힌 돌에게 뭐라는 거야?

댄스는 유환이랑 놀고있는 내게 괜한 심통을 부려대며 가랜다. -_-;;

둘이 어제 하루동안 깊은 관계로 발전이라도 한 걸까? -_- 요즘은 동성연애도 꽤 유행이라던데….

유환아 너 저놈 유혹에 넘어 가지마. ㅜ0ㅜ.

"또라이 왕자병. 〉_〈"

라고 큰소리로 떠들진 못하고-_- 작게 말했다.

"야!! 너 뭐라고 했어?"

들었나 -_-?

"너 잘 생겼다고. -_-"

"그런 소리면 좀 크게 말해 줘. 우리반 애들한테 다 들리게."

"-_- 그래그래. 사교댄스 만세!!!"

"사교댄스? -_- 나 그거 싫어해. 그렇게 부르지 말아죠."

"알았어, 사교댄스. -_-"

뒤에서 항의하는 소리가 들렸지만 못 들은 척하고 앞서 나갔다. 호호호호. -_-V

내가 지금 뭐하는 거지? 남자를 상대로 질투를 하는가? -_-;;

정신 차려!!

그런데 아까부터 연정이의 표정이 어둡다. 내가 괜한 걸 물어봤나.

"연정아, 나 때문에 기분 상했어?"

"어? 아니. 왜 상해."

"근데 표정이 왜 그래. 뭐 문제 생겼어? 애인이 속상하게 해?"

"아니…. 저기 이런 말 좀 그런데… 아윤아 너 돈 좀 있어?"

"돈? 아 너 배고프구나!!! 나 2,000원 있어. ^-^ 매점 갈까?"

"아니…. 그 돈 말고."

"없는데…. 얼마 필요한데?"

"아니야. 됐어. ^-^"

돈이 얼마나 필요하길래 표정이 저렇게 어두운 거야. 애인이 돈 꾸고 튀었나 -_-? 옷을 외상으로 구입했나 -_-?

난 한참의 추리를 해봤지만 내머리론 도통 추리가 불가능해서 다시 물었다.

"돈이 얼마가 필요하길래. 응?"

"500만 원."

"야!!! 그렇게 큰 돈을 뭐하게!"

"갑자기 쓸데가 생겨서…."

"후~ 학생이 500만 원이란 돈이 어딨겠어. ┬0┬"

"그치…. 괜한 거 물어봐서 미안해."

"아냐아냐."

500만 원. -_-

뭘 했길래 500만 원이나 필요하지. 역시 내 생각보다 연정이는 담이 큰 아이다. -_-;;

난 500원만 주머니에 있어도 든든한데 이 아인 500만 원_

점심시간에 연정이는 종이 치자마자 급하게 어디론가 나가버렸고 나는 남겨진 유환이와 사교댄스와 함께 급식을 먹으러 내려갔다.

"이야!!! 오늘 메뉴 닭도리탕이다~~~"

한 달에 한 번 나올까 말까한 닭도리탕이 급식판 위에 갖은 뽐새를 다하며 각선미를 뽐내고 있었다. -_-

"아씨~ 나 닭 못 먹는데. ㅜ0ㅜ"

"댄스!! 무슨 남자가 닭을 못 먹어."

난 괜한 시비를 걸었다. -_-;;

"닭 못 먹는데도 남자 여자 가리냐?"

"암튼…. 그럼 그거 나 줘. -_-"

난 재빨리 댄스 식판에 있는 닭들을 내 식판으로 옮기기질을 해댔다. -_-

유환이가 자기한테도 하나 달랠까봐 얼마나 마음을 졸이는지…. 후후.

"유환아, 너 혹시 500만 원 있어? -_-"

"500만 원?"

"응."

"뭐하게? -_-"

"그냥. 있어 없어?"

"당근 없지. -_-"

"그럼 밥이나 먹어."

"난 500만 원 있는데. -_-"

"댄스… 정말 있어?"

"응. 나 돈 많아. ^-^"

"정말 있어?"

"꿔주면 대신 뭐 해줄건데? -_- 갚을 거야?"

"글쎄. -_- 못 갚을 수도 있어."

"뭐야!! 내가 뭘 믿고 꿔 주냐!!!"

"그렇겠지? -_- 에씨~ 너한텐 안 꿀랜다. -_-"

"-_- 꿔 줄게 내 종 해라."

"미쳤냐!! 밥이나 먹어!!!"

저 녀석의 종이 되느니-_-;;; 차라리 혀로 운동장에서 뒤구르기 10번을 하겠다.

그 날 5교시 6교시 종례시간까지 연정이는 다시 돌아오지 않았고 난 연정이의 가방과 짐을 몽땅 챙겨서 집으로 돌아왔다.

"연정이 무슨 일 있는 건가?"

"전화 해봐."

"안 받아. ㅜ0ㅜ"

"음."

"유환아, 있다가 연정이네 집에 가보자."

"알았어."

저녁때 약속을 뒤로하고 우선 집으로 가서 씻고 배 좀 채우고 댄스도 따라가겠다는 걸 못 들은 척 외면하느냐고 혼났다.

녀석, 뒤늦게 전학 와서 유환이를 뺏어가려는 게 영 찜찜하고 질투 난다.

Lollipop 5

유환이의 전화를 받고 재빨리 밖으로 나갔다.

근데 뒤에 있는 댄스는 뭐야. -_- 왜 따라 온 거야. 눈치도 없어.

우리 셋은 나란히 서서 연정이네 집 주소를 들고 찾아 나섰다.

후~ 근데 꽤나 음침한 동네다. -_-

올라가도 올라가도 끝이 없는 동네 _

사람들이 흔히 말하는 달동네가 이런 곳인가?

혼자 올 걸 애들 괜히 데리고 왔나. 어쩐지 연정이가 싫어할 거 같은 느낌이 들었다.

"야!! 니네 집에 가."

"왜?"

"왜~"

"그냥 나 혼자 가고 싶어."

"여기까지 왔는데 그냥 가라고?"

"응. 그냥 가."

"싫어."

댄스 _ 말은 지지리도 안 들어먹어. -_-

"사교야 가자."

역시 눈치가 하늘을 찌르는 유환이는 금세 내 마음을 읽었는지 안 가겠다고 버팅기는 댄스를 끌고 다시 달동네 아래로 내려갔다.

애들이 가고 조금 무서웠지만 주먹을 꼭 쥐고 집을 찾았다.

어~ 거진 이 금방인 거 같은데?

찾았다!!

근데 연정이가 정말 이곳에 살고 있는 것일까?

지붕은 꼬불꼬불 골판지 같은 두꺼운 판넬로 되어있고 대문은… 응… 대문은 없는 거 같다.

저 유리문이 현관인가?

열어봤더니 그곳은 화장실이었다. -_-;;;

그 옆에 파란색 쇠문을 열었다.

"계세요? 아무도 안 계세요?"

"누구세요?"

방으로 추정되는 작은 문 사이로 기운 없어 뵈는 아주머니의 소리가 들렸다.

"저기… 여기 연정이네 집 아닌가요?"

그때서야 문이 열리고 어딘가 아파 보이는 아주머니께서 고개를 빼꼼히 내밀었다.

"아줌마, 여기 연정이네 집 맞아요?"

"연정이 친구?"

"네. 짝꿍이에요. ^-^ 연정이 어딨어요?"

"병원에 있어."

"연정이 어디 아픈가요? 어느 병원이에요?"

"중앙병원."

"네 안녕히 계세요. (_)"

어디가 아픈 거야?

마음이 급해졌다.

달동네를 내려오는데 브레이크가 안 밟혀서 죽는 줄 알았다.

내 몸이 너무 무거운 지 길이 너무 가파른 지 몸이 자꾸만 앞으로 쏠리는 걸 뒤로 무게중심 잡느라 꽤나 힘들었다.

난 서둘러 중앙병원으로 향했다.

김연정이란 이름을 아무리 물어봐도-_-;; 도통 그런 손님은 없댄다.

손님? -_-;;; 병원은 환자를 손님으로 칭하나? -_-

기운이 쭉 빠져 터덜터덜 나오는데 멀리서 연정이와 비슷한 사람이 보였다.

"연정아!!"

"어? 아윤아 너 여기 어쩐 일이야?"

"너 아프다면서…. ㅜ0ㅜ 어디 아픈 거야? 응?"

"우리 집에 갔었니?"

"응."

"……."

역시나 연정이는 반기는 눈치가 아니다. 애들 보내길 잘 했다는 생각이 든다.

"미안해. 너 걱정 돼서 갔었어."

"미안하긴…."

"치료는 다 받은 거야?"

"내가 아픈 게 아니고 동생이…."

"아~ 동생… 어디 가?"

"그냥 많이 아파."

"응."

연정이가 왜 500만 원이라는 거액이 필요했는 지 이제 슬슬 머리가 회전하기 시작했다.

연정이는 밝고 씩씩하고 예뻐서 부잣집 외동딸인 줄 알았는데…. 하긴 한 번도 물은 적이 없었으니…. 다만 겉모습만으로 추측했던 것 뿐이었으니까….

달리 연정이에게 할 말을 생각지 못한 나는 어색한 웃음을 지으며 _

"내일 학교 일찍 와. ^-^"

라고 말하고 돌아섰다.

도와주고 싶은데… 500만 원 어떻게든 빌려주고 싶은데….

"엄마!!! 나 500만 원만 꿔주세요."

"-_- 500만 원? 너 뭐 잘못 먹었니? 엄마는 돈 먹고 죽을래도 없다."

"응. -_-"

씨도 먹히지 않을 소릴 괜히 떠들었다. -_-;

중학교 때부터 모았던 통장을 다 합쳐봐도 잔액은 29만 원 _

댄스한테 한번 신중히 꿔봐야겠다.

아~ 안 땡기는데 녀석이 정말 자기의 종이 되라고 하면 어쩌지?

Lollipop 6

난 다음 날 학교에 일찍 등교했다.

교실로 들어서니 아직 유환이도 연정이도 오지 않았다.

교문 앞에서 철저히 댄스 놈만을 기다렸다. 다행히도 녀석은 일찍 도착을 했고 난 녀석을 보자마자 학교 후미진 곳으로 인도했다. -_-;;

"야, 너 뭐야. 나 끌고 어디 가는거야? 나한테 사랑고백이라도 할라고? 정말 나한테 빠진 거야?"

"좀 조용히 하고 따라와."

"어디 가는데!! 어디 분위기 좋은 데 있어?"

"사교야, 내 부탁 좀 들어줘. -_-"

"무슨 부탁?"

"돈 꿔죠. -0-"

"어제 말한 500만 원?"

"응."

"뭐하게? 뭐할라고 그러는데?"

"그건 알 거 없고!!!"

"음~ 뭐 할건 지 말해야 빌려주지. -_-"

"필요해. 급하게 필요해. 좀 꿔줘. 너 돈 많담서."

"많기야 하지만…. -_-"

"니가 하란 거 다 할게. -_- 돈 꿔죠."

"다 할거야? 뭐 할건데?"

"시키는 대로 다 합죠!! -0-"

"훗, 그래? 음~ 뭘 시키지? -_- 내 노예가 되라. ㅋㅋㅋ"

"노예 -_- 노예-_- 알았어!! 내일 돈 줄 거지?"

"알았어. 이제 교실로 고만 가도 되냐?"

"그래. -_-;; 가자."

난 깔끔히 녀석과 합의를 보고 교실로 서둘러 들어왔다.

연정이도 유환이도 모두 등교를 마친 상태였다.

"강아윤 뭐야!! 먼저 가면 먼저 간다고 말을 해야지!!"

"그렇게 됐어. -_-"

"우씨~ 니네 집까지 갔다 왔잖아!!"

"뭐 얼마나 된다고. -_- 코앞이잖아!!"

"그래도. -_-"

"소심쟁이."

"-_-"

어제 집에 갔었던 게 아직도 마음에 걸리는 지 연정이는 다른 때와 달리 조금 날 경계하는 눈빛이었다.

친군데… ㅜ0ㅜ 연정아 우린 친구잖아.

수업이 다 끝날 때까지 연정이도 나도 쉽게 말문을 열지는 않았다.

마지막 시간을 5분 남겨놓고 입을 연 연정이 _

"아윤아."

"어? 왜왜 연정아. 〉_〈 참참, 동생은 좀 어때?"

"그냥 그래."

"응."

"저기 아윤아, 내 일 모른 척 해줘. ^-^ 니가 신경 쓰니까 내가 더 불편해."

"아!! 응. 알았어."

"우리집 얘기도 다른 애들한테 하지말고."

"응. 걱정마. 안해."

"부탁할게."

어쩐지 쌀쌀맞은 듯한 어투 _

내가 너무 오바 하는건가? 감추고 싶은 일을 캐려고 하는 걸까? 그래도 친군데…. 연정이 분명히 많이 힘들텐데….

수업이 끝나고 사교 놈이 음흉한 눈빛으로 내게 다가왔다.

"야, 오늘 우리집에 가자."

"왜-_-?"

"돈."

"아! 알았어."

우리 둘의 대화를 유심히 지켜보던 유환이는 아리송한 표정으로 살펴댄다.

"니네 뭐야. -_- 둘이 돈 거래해-_-?"

"그런 게 있어!! 유환아 오늘 먼저 가. 나 사교네 집에 가야 돼."

"왜-_-? 사교네 집엔 왜 가?"

"좀 가라면 가. -_-"

"쳇. 잘 해봐라."

삐졌나? -_-

녀석은 뒤도 안 돌아보고 그렇게 돌아서서 나가버렸다.

어쩐지 어제의 복수를 하는 것 같아서인지 희열감 비슷한 게 느껴지기 시작했다.

32

울라울라~ 울라울라~

쫄래쫄래 댄스를 따라 나섰다.

"니네 집 멀어?"

"좀. 근데 차 타고 가면 금방이야."

"응. *-_-*"

교문 앞에 나가니 미끈한 검정색 자가용 한 대가 우리 앞으로 릴렉스하게 선다.

"타."

"우와 +_+ 이거 니네 차야?"

"내 차는 아니고 우리 꼰대 차지."

"녀석-_- 너 좀 사는구나?"

"말했잖아. 우리집 돈 많아."

"그래. -_-"

녀석의 차에 낼름 올라탔다. -_-

어색하게 우린 나란히 뒤에 앉았다. 하긴 500만 원이라는 거액을 눈 하나 깜짝 안 하고 꿔줄 수 있는 애가 몇이나 되겠는가?

댄스랑 친해져야겠다. -_-+

"내려."

"응? 응."

"여기야."

"우와+_+ 댄스 다시 봐야겠다."

"우리집 근사하지? 그치?"

"쪼금. -_-;"

담 높이가 내 키의 두 배는 되는 듯한 으리으리한 뽐새를 자랑하는 거대한 저택_

대문이 저절로 열리고-_-;; 기나긴 정원을 거쳐 집안으로 들어섰다.

양 옆으로 펼쳐진 나무며 꽃이며 연못이 티비 드라마에서나 볼 수 있는 그런 집에 난 초라하게-_-;;두리번거리며 거실을 찾아 헤맸다.

"앉어."

"응. ^^;;"

"기다려. 방에서 엄마한테 받아올게."

"응. -_-;;"

녀석은 날 커다란 쇼파에 묻어놓고는 안방으로 추리되는 방문을 열고 들어갔다. 난 변태처럼-_-;;주위를 찬찬히 훑어봤다. 온통 돈 되는 물건 뿐이로구나.

이조 백자 -0- 고려청자 -0- 금딱지 거북이, 열쇠, 자물쇠-_-

"돈 여기 있어."

"고마워, 사교야."

"아침에 약속한 거 지켜."

"뭘 -_-?"

"내 노예 되기로 했잖아. -_-"

"응 알았어. -_-"

"내일부터 학교 끝나고 우리 집에서 10시까지 있다가 가. -_-"

"10시-_-? 밤 10시?"

"어."

"알았어. -_-;;; 얼마동안?"

"그야 당연히 돈 갚을 때까지지. -_-"

"일주일만 할래."

"돈 도로 내놔. -0-"

"치사해. -_- 알았어."

"응~ 이제 가봐. ^-^"

"응. -_-;"

녀석은 싸가지 없게도 날 배웅도 하지 않고 현관문을 열고 나가

라는 듯이 내보냈다. -_-;;;

도통 대문이 어딘지 알 수가 없다.

그래그래 저 나무를 따라가면 나오겠지.

빨리 연정이한테 전해주고 싶은 마음에 후다닥~ 바로 병원으로 향했다.

Lollipop 7

난 500만 원을 신문지에 돌돌 말아서-_-;; 옆구리에 끼고는 병원까지 신명나게 달렸다.

이걸 보면 연정이가 좋아하겠지^-^? 어쩐지 나까지 기분이 좋아진다. -_-;;

병원에서 또다시 연정이를 찾기란 생각보다 쉽지 않았다.

병원을 찾아다니며 여기저기 보호자가 누나쯤으로 보이는 꼬마 환자를 물었다.

"저기여~ 이쁜 누나가 보호자고-_-;; 아픈 꼬마환자가 어딨는지 혹시 아세요?"

"바닷가 모래사장에서 구멍이 큰 바늘 떨어진 거 봤냐고 물어보시죠."

"아 네. ^^;;; 그래도 좀 생각해 보세여. -_-"

"내과 환자예요? 외과?"

"많이 아픈 거 밖에 모르는데 외과일까요, 내과일까요? -_-"

"모래사장에 떨어진 바늘이 휘었을까요, 안 휘었을까요? -_-"

"죄송합니다. ㅜ0ㅜ"

바둥대며 식은땀을 흘리고 있는데 뒤에서 누군가 내 어깨에 손을 올려놓는다.

"앗, 연정아. >_<"

"아윤이 또 어쩐 일이야?"

"아 ^-^ 너 만나서 다행이다. ㅜ0ㅜ 우리 어디 가서 얘기 좀 하자꾸나. >_<"

"잠깐 옷 좀 갈아입고 올게."

옷… 옷?

그제서야 난 연정이의 몸 구석구석을 살폈다.

아슬아슬한 짧은 길이의 미니스커트, 투명한 브라 -_- 끈이 더 넓은 듯한 끈나시 _

연정인 그런 무대의상을 입고 있었다.

저런 옷은 어디서 샀지-_-? 원래 저런 옷을 즐겨 입나?

처음 보는 신선함에 두 눈이 번쩍 떠졌다. +_+ 화장도 신부화장 빰치게 두껍고 _

동생이 많이 아프다면서 저러고 어딜 다녀오는걸까?

이것저것 아리송한 문제에 대해 궁금해하고 있을 때쯤 연정인 다시 웃으며 내게 다가왔다.

늘어난 박스티에 검은색 반바지로 변신한 채 _

이 변신쟁이. 〉_〈

“아윤아, 휴게실로 가자.”

“응? 응.”

난 휴게소 의자에 앉자마자 신문지로 돌돌 말아둔 돈 뭉치를 연정이에게 건넸다.

“이게 뭐야?”

“뭘까나? 돼지고기 한 근 일까나? ^.^”

“고기? 무슨 고기를 신문지에 쌌어. 훗.”

“…….”

연정인 잼있다는 듯이 신문지 뭉치를 풀었고 돈이 모습을 드러내자 표정이 굳었다.

“웬 돈이야?”

“오백만 원이야. 너 나한테 빌려달라고 했잖아.”

“돈 없다고 했잖아. 어디서 났어?”

“그냥 공짜로 생겼어. ^-^”

“아윤아.”

“공짜로 주는 거 아니야. 나중에 꼭 갚아. ^-^ 이자로 나 가끔 빵 사줘도 돼. 히힛.”

“내가 돈 빌려달란 거 취소했잖아. 뭐 하러….”

“필요해 보여서. 급해 보여서… 혹시… 기분 나쁘니? 너 기분 나쁘게 할려고 한 거 아니야.”

“됐어. 가져가.”

"연정아… 우리 친구잖아. 내가 이다음에 너한테 오백만 원 꿔달라고 했을 때 그때 너도 꿔줄 수 있는 거잖아. 그냥 받아."

"정말 괜찮아."

"연정아…."

"강아윤, 이런 도움… 별로 반갑지 않아. 그리고 나 돈 구했어. 가져가."

정말 화났나? ┬0┬

연정인 돈을 내게 거의 던지 듯 주고는 쌀쌀맞게 뒤돌아서서 나가버렸다.

나… 오바했나? 혹시라도 동정이라고 생각한 걸까? 그런 거 아닌데…. 난 진심으로 도와주고 싶었던 건데….

터덜터덜 돈뭉치를 다시 싸서는 병원 밖으로 나왔다.

벌써 빌린 돈인데…. 댄스 놈 부자라 급하게 안 갚아도 될 거 같은데…. 이걸 어쩌지….

난 한참동안 고민하다가 문득 달동네 무너져가는 지붕에 음침한 조명아래 아픈 듯한 아줌마 생각이 났다.

바로 택시를 잡아타고 연정이네 집 현관문을 열고는 그 돈뭉치를 쓰윽~ 디밀어 놓고 나왔다.

우루루루쾅!!☆★

어? 비가 오려나?

번개가 무섭게 치고 빗방울이 하나둘 떨어지기 시작했다.

이 동네 안 그래도 무서운데…. ㅜ0ㅜ

난 핸드폰을 꺼내 유환이에게 전화를 걸었다.

"여보세여."

"유환아 너 어디야?"

"나 집이지.-_- 배신자는 어디신가? 아직도 사교네 집인가?"

"아니야. -_- 유환아 지금 비오는데 나 우산없어. ㅜ0ㅜ"

"근데?"

"척하면 척이지!!!-_-!!!

우산 들고 저번에 연정이네 가다가 다시 돌아갔던 버스정류장으로 와죠. ㅜ0ㅜ" 39

"싫어. -_-"

"싫어? 참말 싫어?"

"어."

"개늠…ㅜ0ㅜ 알았어. 끊어."

치사한 놈. -_-+ 남자가 참도 잘 삐진단 말이야.

난 뚝뚝 떨어지는 빗방울을 다 맞으며ㅜ0ㅜ 재빨리-_- 걸음을 재촉했다.

Lollipop 8

주룩주룩…

미친듯이 쏟아져 내리는 빗방울 _

한 마리의 생쥐가 되어 난 버스를 기다리고 있었다.

가유환 나쁜놈…. ┬0┬ 뭐 얼마나 되는 거리라고… 우산 좀 가져다 주지…. 5년 우정-_-;; 마이너스 100점이다.

"쯧쯧. -_-"

"어?… 유환아. -_-"

"너 속으로 내 욕했지? 그치?"

"아… 뭐…?"

"왜 끝이 올라가 -_-? 맞나본데?"

"사실 약간했어. -_-"

"쳇, 춥지? 너 춥지?"

"조금 춥네. -_-"

"응, 추워 보여. ^-^"

이것이 옷이라도 살포시 벗어줄 주 알았더니 지옷 매무새나 가다듬고 있는 _ 녀석은 그런 놈이다. -_-

유환이와 함께 버스를 기다렸지만 버스는 쉽게 오지 않았다. 비 온다고 한 대 또 빼먹었나보군. -_-;;

나쁜 기사아저씨들…. ┬0┬

"어디 가서 옷 좀 말리고 가자."

"어디로-_-? 나 이렇게 젖었는데 받아주는 곳이 있을까나?"

"있을 거야."

녀석과 나는 정류장 바로 앞에 있는 커피숍으로 들어갔다. 따땃한 코코아 두 잔을 시키고 그저 서로를 쳐다만 봤다. -_-;;

"이 동넨 왜 왔어…?"

"그냥. -0-"

"너 무슨 꿍꿍이냐? 너 혼자 일 꾸미지? 뭔지 다 말해."

"없어!!-0-!! 꿍꿍이는 무슨…."

"사교한테 돈 꿨지?… 뭐하는 데 쓸려고?"

"그놈이 그래-_-? 무슨 남자가 그렇게 입이 싸? -_-"

"말 안 했어!! 맞나보네. -_-"

"…-_-…"

한 시간 가량의 추궁 끝에 난 요근래의 모든 걸 말해버렸다.

"아… 그랬군…. 근데 강아윤 너 실수한 거 같다. -_-"

"실수?… 무슨?"

"연정이는 기분 나쁠 수 있어. 그리고 어떻게 갚을라고 그런 거액을 꿔!!! 생각이 짧았어. -_-"

"그럴까?… 정말 그럴까? 난 급한 마음에 이것저것 복잡하게 생각하지 말자 했지."

" 그런 일이 있으면 나한테 먼저 말했어야지.-_-"

" 근데 어떡해!! 벌써 다 저질러 버렸는데…. -_-"

"암튼 -_- 문제 덩어리야 너…."

"몰라. ㅠ0ㅠ 이미 엎질러진 물이야."

유환이의 말을 듣고 보니 걱정이 물밀 듯 밀려왔다. 연정이의 싸늘했던 시선도 생각나고 내일부터 당장 사교네 집에서 10시까지 있을 것도 암담하고….

강아윤…ㅜ0ㅜ…. 넌 정말 큰일이야. 애가 왜그렇게 생각이 짧은거니.

멍하니 밖과 통하는 유리를 내다보고 있었다.

그런데 연정이 아닌가??

미끈한 차속에서 야한 옷차림의 연정이가 내리는 것이 보인다. 그리고 뒤이어 운전석에서 내리는 중년의 아저씨 _

누구지? 연정이네 아빠가?

넋놓고 밖을 내다보고 있던 유환이가 _

"뭐야? 뭘 그렇게 내다 봐."

하며 함께 그 장면을 보고는 눈이 똥그래졌다.

"연정이네?"

"응… 연정이네 아빠가? 미남이시다."

"아빠?"

"응."

"아빠 아닌 거 같은데…?"

"그럼?"

"……."

그리고 야릇한 장면이 계속 펼쳐진다.

아저씨는 지갑에서 지폐 몇 장을 꺼내 연정이의 손에 꼭 쥐어주고 다시 차에 탑승한 후 멀어져갔다.

알면 알수록 알기 힘든 연정이 _

오늘의 옷차림은 장미가 수억 송이 그려진 끈 원피스 _

"강아윤… 너 오늘 본 거… 못 본 거로 해."

"왜?"

"오빠가 시키는대로 해. 그리고… 연정이한테 이제 그만 관여해."

"왜?"

"좀 시키는 대로 해라. -_-"

"노력할게. -_-;;"

니놈은 대체 무슨 생각을 한 것이 길래 그렇게 얼굴이 일그러져선 명령질을 해대는 거니? -_-+

유환이는 집 앞까지 날 고히 모셔다 주고 -_-;집으로 가버렸다.

오늘은 너무나 바쁜 하루였구나. -_-+ 500만 원이라는 거액을 생각도 없이 꿔버리고, 연정이한테 오해나 받고 이상야릇한 장면도 목격하고 _

Lollipop 9

다음 날=_= 살짝 늦잠을 자준 덕에 헐레벌떡 아침밥도 못 먹고 대문을 나섰다.

“지금이 몇 시냐? -_-”

“헉… 유환아 너 여기 왜 있어?-_-”

“같이 갈라고 기다렸는데 안 나오니까 오기가 생기잖아. 그래서 나올 때까지 기다렸어. -_-+”

“미쳤어. -_- 너까지 지각이잖아!!! 먼저 가든가 집으로 들어오든가 하지….”

“싸나이 갑바 -_- 몰라? 알면서 왜 그래.”

“그래 그래 잘났다. -_- 우리 유환이 갑바 얼마나 컸나 좀 보자. +_+”

난 그러곤 아무 생각없이 유환이의 갑바를 만져보기 위해-_- 녀석의 가슴에 손을 올려놓고 문질러댔다. -_-;;;

“아씨!! 너 뭐하는 거야!!!”

“갑바 만지는 중이잖니. -_-”

“아씨… 변녀 -_- 존나 징그러.”

“너 왜 그래? 왜 오바하고 그래? 친구끼리 갑바도 못 만져봐? 치사한 놈.”

“이건 치사한 문제가 아니지!!”

“그럼 무슨 문제니?”

“강간. -_-;;”

“미친 놈…. 꺼져!!”

왜 오바하고 그래 -_- 아침부터 _

내가 지놈 갑바 좀 만졌다고 강간? 쳇….

갑바의 순정을 빼앗겨 삐져서 입이 대빨 나온 놈과 -_- 쫄래쫄래 학교까지 향했다.

"너 오늘부터 사교네 집에 진짜 갈거야?"

"약속했는데 그럼 어떡해. -_-"

"철딱서니 없는 것. -_-+"

"친구가 어려움에 빠졌는데 도움은 못 줄망정 -_- 절루갓!!"

많이 늦어선지 -_-;; 교문은 굳게 닫혀있었다. 요리조리 둘러봐도 우리 학교엔 개구멍하나 뚫려있질 않다…. ㅜ0ㅜ 다른 학교엔 개구멍도 많드만 _

하여간 우리 학교는 솔선수범해서 좋은 일 하는 학생이 너무나 부족해. -0-

"유환아, 어떡하지?"

"뭘 어떡해. -_- 넘어야지."

"설마 치마입은 나보고 넘으란 건 아니지?"

"그럼. 내가 넘을테니까 니가 밑에 엎드려있어."

"싫어!!!"

"그럼 어떻게 하라고!! 이 높은 담을 나혼자 어떻게 넘어!"

"넌 남자잖아. -_- 다리도 길면서 노력 좀 해봐."

"아오~ -_-"

유환이는 날 확 째려보고 -_-+ 담에 대롱대롱 매달려 넘으려 노력해댔지만 역시나 무리인 것처럼 보인다.

리얼로 내가 엎드려야 하는거야? ㅠ0ㅠ

"엎드리게. -_-;;"

"응… 빨리해."

"응…. ㅜ0ㅜ"

난 치마를 잡고 가랑이 사이에 끼어넣은 다음 -_- 녀석의 밑에 깔렸다.

살짝 딛고 넘을 주 알았더니-_-;; 놈은 도움닫기를 굉장한 무게로 하고선 폴짝 뛰어넘는다.

아이고… 사람죽는다. 이놈이 사람죽인다. ㅠ0ㅠ

46 덜컹~덜컹~

유환이는 교문을 열어주고 빨리 기어들어오라며 손짓을 한다.

무사통과 -_-v

만약 이놈 땜에 지각을 했다면 반 삶아 죽였을 지도 모르나 내탓이었기에 쥐죽은 듯 녀석에게 복종을 했다. -_-;;

교실은 벌써 수업 중인지 ㅜ_ㅜ 조용… 하다.

1교시가 윤리구나. 제길. -_-+ 학생주임 선생인데 _

드르륵~ 문을 열고-_-;; 난 떳떳하게 사실 살금살금 뒷꿈치를 들고 내 자리를 찾아서 헤맸다.

"자네는 뭔가? -_-"

"지각생인데요…. ㅜ_ㅜ"

"근데 왜 그렇게 뻔뻔한가?"

"뻔뻔해 보이시나요? 깊이 반성중인데…. ㅜ_ㅜ"

"흠 -_- 말대꾸가 맘에 안 드는군…. 어이구…? 자넨 또 뭔가?"

"저도… 지각생입니다…."

"나란히 오는 건가?"

"아닙니다…. 교실 앞에서 만났습니다."

"흠~ 둘다 복도에서 앞으로 나란히를 하고 있게나."

"예. -_-"

그렇게 윤리수업의 맛도 채 보지못한 채-_- 복도행을 명받고는 우린 나란히 복도에 서서 벌을 섰다. -_-+

2교시 시작 -_- 종이 울리고 윤리 샌님은 출석부로 우리 머리를 두 대씩 갈긴 후-_- 물러갔다. 재섭써, 아침부터 자라는 새싹의 머리를. -_-;;;

교실로 들어서서 가방을 풀고 앉는데 연정이가 작게 모라모라 말한다.

"나 돈 구했어."

"아… 그래?"

"근데… 내일 동생 수술하는데 돈이 조금 더 필요할 거 같아서 니가 집에 놓고간 돈… 좀 써야할 거 같애…. 미안해."

"응응… 쓰라고 빌려 준건데 뭐…."

"어제 화내서 미안해…. 잘 쓰고 빠른 시일내에 갚을게…."

"그래 연정아. 너 편할 때 줘."

내가 몸으로 때우면 돼. ㅜ_ㅜ

슬쩍 댄스 놈의 행방을 찾아 봤지만 녀석의 모습은 보이지가 않았다. 아직도 등교를 안 한건가? -_-;;;

호랑이도 지말하면 온다고 -_-+ 놈은 가방을 한쪽 어깨에 질끈 걸쳐메고 뒷문을 열고 들어선다.

아씨… 나도 조금 더 있다가 쉬는 시간에 들어올 걸. -_-;; 역시나 유환이와 난 멍청이었다.

근데 쟤 얼굴이 왜 저래? -_- 어디서 쌈박질을 해댔는지 얼굴에 온통 멍 투성이다. 깝치다가 뒈지게 맞은 흔적들 같구나. -_-;

살짝 건들면 더 아프겠지?

가슴 한구석에서 멍을 눌러보고 싶은 마음이 솟구친다.

Lollipop 10

너무나 눌러보고 싶은 마음에 -_- 난 영리한 지각생 댄스의 곁으로 살금살금 다가갔다.

"하이 댄스. ^-^"

"내가 그렇게 부르지 말. 랬. 지. -_-"

"미안 사교댄스.-_-"

"뭐야. 왜 아침부터 인사질이야."

"오늘 기분이 별로니-_-? 말투가 까칠하구나. +_+"

"어 기분 별로니까 용건만 말하고 니자리리고 돌아가."

"어디서 그렇게 맞았니?"

"맞은 건지 때린 건지 니가 어떻게 알아?"

"보아하니 맞았네 뭐. -_-"

"훗… 그래 보이냐? 나 줘터지고 다닐 새끼로 보여?"

"응. (--)(_)(--)(_)"

"아 그래? 난 터푸하게 생긴 주 알았는데 맞게 생겼단 말이지? 이거 큰일인데?"

"…-_-…"

"근육도 좀 키우고… 멋있게 보이게 노력해야겠다."

"근육 없어보여. -_-"

"웃기네. 나 갑바 존나 커. -_- 만져볼래? 만져볼래? 야야 만져봐."

하며 놈은 -_- 지늠 가슴에 내 손을 끌어다 올려놓고는 힘을 힘껏 준다.

아… 씨… 뭐야…!!!

유환이 갑바는 귀여운 마음으로 만졌는데 놈의 갑바에 손이 닿는 순간 웬지 기분이 더러웠다. -_-;;

난 솔찬히 당황해선 -_-;; 넘의 멍든 얼굴을 주먹으로 냅다 치고는 자리로 돌아와 앉았다.

"야!! 너 뭐야!!! 왜 멍든데를 때리고 그래. ㅜ_ㅜ 얼마나 아픈 주 알아? 아~ 쓰벌… 열라 아프네…."

"메롱 -ㅠ-"

"일루와 디져봐.-_-"

"쏘리쏘리쏘리!!〉_〈!!!"

그 뒤 수업시간에 난 연습장에 두 놈의 벗은 몸을 상상하며 열심히 갑바 그리기를 해댔다.

그 그림을 본 연정이-_-;;

"그게 뭐야?… 왜 엉덩이를 그리고 그래?"

"이거 엉덩이 아니야. -_-;;"

"그럼 뭐야?"

"갑바. -_-"

"엉덩이 같은데… -_-a 근데 왜 하난 크고 하난 작아?"

"하나는 유환이 거, 하나는 사교 거."

"하하… 아윤이 너 은근히 변녀같다."

"아니얏…. -////-"

생각해보니 내가 한 짓이 참으로 한심하긴 하다. -_-;; 만약 유환이가 나와 연정이의 가슴을 그렸는데 내건 작게 연정이건 크게 그렸다면 내가 무척 기분 상하겠지??

난 재빨리 미안한 마음에 유환이의 갑바를 지우개로 지우고 크게 고쳐줬다. -_-;;

아무리 생각해도 난 너무 착한 친구다. -_-;;

하루가 훌라당-_- 지나가버리고 종례 후 가방을 싸고 있는데 댄스가 룰루랄라 재섭는 휘파람을 불며 다가왔다. -_-;;

"왜?"

"우리집에 가야지. -_-^"

"아… 응…. 근데 내일부터 가면 안될까나?"

"돈 내놔."

"쳇-_-+ 알았다. 간다 가!!!"

"어서 가자꾸나. ^-^"

그렇게 난 돈의 노예가 되어 녀석의 호화찬란한 자가용을 타고 궁전같은 집으로 향했다.

같이 좀 가지-_- 지네 집이라고 열라 빼긴다. 재섭게_

거실에 덩그러니 앉아서 난 또다시 돈 되는 물건들이 있나 둘러 보았다.

"근데 댄스…! 집에 어른 안 계셔?"

"엄마 있어."

"인사 안 드려도 돼?"

"안 드려도 돼…."

"응…. -_-+"

"야… 너…."

"응?"

"우리 엄마랑 친구 좀 해주다가 10시 되면 니네 집에 가."

"니네 엄마랑 나랑 친구를 하라고-_-? 니네 엄마 몇 살이신 데?"

"아무튼… 알겠지?"

"그거야…–_–…."

하더니 녀석은 큰 방문을 열고 들어가서는 잠시 후 휠체어를 타신 중년의 여성분을 모시고 나타났다.

"인사해. 우리 엄마야."

"어? 어어… 안녕하세요? ^^"

"그래 사교 친구니? 우리 사교가 집에 친구 데려온 거 처음인데 여자친구?"

"엄마 미쳤어? 내 눈이 얼마나 하이클래슨데 저런 애를…. –_–"

"왜… 이쁜 아가씬데…. ^^"

"하핫!! 감사합니다. ^–^"

그랬군. 녀석의 목적은 심심하신 녀석의 엄마를 즐겁게 해드리는 몸종을 원했던 것이다.

그래!! 이 한몸 바쳐–_– 열심히 친구를 해 드리마…. –0–

녀석의 어머니는 과히 이런 궁전에 사실 자격이 있으실 만큼 엘레강스하고 환타스틱하신 교양쟁이셨다. –_–;;

헌데 왜 휠체어를…?

다리가 많이 야위신 것을 보니 걷질 못 하시는 것 같았다. 아프시지만 않다면 완벽 그 자체의 귀부인이신데 안타깝다.

"엄마, 얘가 앞으로 맨날 와서 우리집 밥 축내고 갈거야…. 부려먹을 거 있으면 맘껏 부려먹어…."

"사교야… 무슨 말을 그렇게 하니 친구한테…."

"아니야!! 내가 돈 주고 샀어. –_– 걱정마…."

"이 녀석이-"

혼나도 싸다 이놈아. -_-;; 하지만 녀석의 말이 틀린 것은 아니었다.

두 모자를 지켜보다보니 어느새 시계는 10시를 가리키고 난 눈치를 보며 가방을 메기 시작했다. -_-;;

"어? 10시네…. 오늘은 이만 가봐. -_-"

"응… 내일보자 친구야. -_-"

"훗… 조심해서 가라. 아저씨가 데려다 줄거야."

"응, 안녕. -_-+"

참말로 친절하신 아저씨는 웃으며 차문까지 열어주시고 날 탑승시켜주셨다. 모범택시보다 훨씬 좋다. -_-;;

"아가씨, 도련님 친구분이세요?"

"하핫 ^^;;; 그런 셈인가봐요."

"우리 도련님 친구분 데리고 온 거 처음이에요. 특별하신 분이신가보네…."

"아뇨아뇨아뇨. >_<"

"앞으로 자주 와서 우리 사모님도 즐겁게 해드리고… 도련님하고도 사이좋게 지내고…."

"눼(_)"

뜻하지 않은-_- 이상한 집으로의 방문. -_-;; 나란 존재의 하위감_

첫 날은 그야말로 어리둥절 그 자체였다. 앞으로 얼마나 더 이짓

을 해야하는거지…. ㅜ_ㅜ

Lollipop II

멋진 자가용의 친절한 아저씨는 우리집 앞까지 날 태워다 주셨다.

"아저씨 감사합니다. ^-^ 내일 뵈요."

"그래요 잘 자요…."

"네 ^-^ 아저씨 안녕. >_<"

"허허."

아저씨와의 만남을 뒤로하고 대문 앞에서 벨을 누르려고 하는 찰나에 누군가 내 팔목을 잡는다. +_+

깜딱이야.

"유환아… 나 놀랬잖아. -_-"

"무슨 차야?"

"사교네 차…."

"여직 거기 있다 온 거야?"

"응. =_="

"잼있었냐?"

"그냥. -_-;;"

"너 없으니까 심심하잖아. -_- 언제까지 거기 가야 되는거야?"

"몰라. =_="

"야!! 나 술 먹고 싶어. -_- 술 먹으러 가자. 응?응?"

"너랑 나랑 둘이서 무슨 재미로 술을 먹냐!!!"

"싫어? 싫음 관둬. -_-"

"아니 싫은 건 아니고… -_-;; 삐졌어? 그래 가자가자. 가서 먹고 죽자!!-_-!!"

"응. ^-^"

"근데 나 교복이야. -_- 기다려…."

집으로 재빨리 들어가서 참으로 깔쌈하게 갈아입고는 다시 밖으로 뛰어나왔다.

유환이는 담배를 피다가는 발로 비벼끄며 날 바라본다.

어린 놈의 새끼가 담배질은_

"야!! 너 담배 언제부터 폈어!! 니네 엄마한테 이를거야.-_-"

"엄마도 알아. -_-"

"그… 그래?… 아줌마가 참말로 알고도 뭐라고 안 하셔?"

"걸리면 죽지. -_-"

"쳇, 다 이를거야. -_-+"

"맘대로 해라. 나도 니네 엄마한테 돈 꾸고 남의 집에 끌려다닌다고 다 말할거야."

"씨-_- 사랑하는 유환아… 우리 서로의 평화와 자유와 해방을 위해 입을 꾸욱 다물자꾸나…. 헤헷."

"…-_-… 그러든가…."

난 뻘쭘한 나머지-_- 슬쩍 유환이의 팔에 내 팔을 끼어넣고 팔짱 비슷한 거를 흉내냈다.

"야 너 뭐야. 빨리 안 빼?"

"왜 -_- 친구끼리 뭐 어때?"

"빼. -_- 쪽팔리게…."

"뭐가 쪽팔려!!"

"빼라면 빼. -_-"

놈은 매몰차게 내 팔을 쑥 빼버리고 빠른 걸음으로 내뺀다. 내가 좀 심했나? 손을 잡을 걸 그랬나?-_-

치사한 놈 비싼 척하기는….

#술집 안

노가리에 소주 -_- 참으로 어울리는 -_- 안주와 술 _

한 잔 두 잔… 소주병은 두 병으로 늘어가고 나보다 술이 약한 유환이의 얼굴은 점점 벌개져만 간다. 잘 익은 빨건 고구마처럼.

"유환아 얼굴 이상해 너."

"알어. -_- 쳐다보지마…. 쏠려. -_-"

"쳇… 보래도 안 본다. -_-"

"…훗…."

"술이 왜 먹고 싶었으까나? 우리 유환이 뭐 속상한 일 있나?"

"없어 그런거."

"그럼 왜 술이 먹고 싶었으까나? ^-^"

"그냥. -_-"

"아주 멋진 이유구나. -_-b"

"강아윤 앞으론 그러지마라."

"뭘?"

"내 팔짱도 끼지말고-_- 내 갑바도 만지지마."

"소심한 놈 -_- 아직까지 그 얘기냐?"

"하지 말라면 하지마…."

"기분 나빴니-_-? 치사해. 안 한다 안 해."

"응, 그러지마. 그러지마…."

하며-_- 술상에 엎어지는 유환이 _

아~ 새끼 ㅜ_ㅜ 누워버리면 어떡해…. 니놈을 어떻게 끌고 가라고….

"일어나. 야! 일어나. 일어나!!!!"

"졸려. =_="

"일어나!! 안 일어나? 안 일어나면 뽀뽀한다. ㅋㅋ"

'벌떡-'

일어나는 놈…. -_- 내가 그렇게 싫은거니? 아주 얼굴이 우거지상이구나.

눈이 게슴츠레 온 몸이 곤드레 만드레-_-

놈을 끌고 재빨리 계산을 하고는 밖으로 나왔다. 니늠이 먹자고 했으면 니늠이 돈을 내야지!!!

쓰벌-_-;;

수첩에 적어놔야겠다.

'가유환-나한테 술값 25,000원 빚짐.'

알뜰하고 똑똑한 아윤이. ^-^

"야!! 니네집 앞이야, 들어가."

"그래 =_= 잘가."

"약해빠진 놈. -_-"

"으헤헤헤 잘가 내친구 아윤아…."

"꺼져. =_="

놈을 걷어차 버리고는 우리집까지 뛰어갔다.

음… 새끼 오늘 기분이 저주파인가.

영… 쉑으로 보이던데=_=;;

아 몰라몰라몰라. >_<

내일이면 좋아지겠지 뭐. 신경꺼꺼꺼!! 크크

씻지도 않고-_- 가구가 아닌 과학으로 짜여진 나만의 침대속으로 쏙!! 파고 들어선 깊은 잠으로 빠져빠져빠져버렸다. -_-;;

Lollipop 12

오늘은 토요일. =_=

토요일은 댄스네 집에 몇 시까지 있어야 하는거지?? 토요일도 10시면… ㅜ_ㅜ… 안 되는데….

어제의 숙취 때문인지-_- 유환이는 아침부터 눈이 게슴털털;; 참으로 보기 안쓰럽게 피곤에 쩔어있다.

"유한아 -_- 니 얼굴…."

"신경꺼. -_-"

"신경 쓰이는데. -_-;; 같이 다니기 창피하잖아."

"야 -_- 얼굴 좀 피곤해 보인다고 미남 어디 가냐? 원판불변의 법칙 몰라?"

"내가 아는 법칙은 구구단 뿐이야."

나란히 등교를 하고 있는데 교문 앞에서 미끈한 차에서 내리는 댄스가 보인다.

"하이 여러분. ^-^"

"응." "응." -> 나&유환-_-

"참!! 댄스야 -_- 나 오늘은 몇 시까지 있어야 해?"

"10시지 -_-당연히."

"토요일인데?"

"무조건 10시야. -_-"

"좀 봐주면 안 되까나?☞☜"

"안 돼. -_-"

"응…. ㅜ_ㅜ"

우리 둘을 한심하게 바라보고-_- 혼자 빠른 걸음으로 사라지는 유환이_

니늠은 내 사정 다 알면서 그런 눈빛을 쏠게 뭐니!!! ㅜ_ㅜ

우리반 토요일 시간표는 참으로 환상이다. -_-

1/2교시 미술 -_-

3교시 체육 -_-

4교시 C.A

신나는 토요일이 금방 지나가는 것은 좋으나-_- 월,화,수,목,금요일에 예체능 수업이 별로 없으니 죽어나는거다.

오늘 미술 수업시간엔-_- 석고찍기를 한댄다. 석고 한 자루를 낑낑 메고 들어오신 선생님은 -_- 남여 한 쌍씩 편을 먹고 여자의 손을 찍어내랜다.

내 손이 붕어빵도 아니고-_-;; 찍긴 뭘 찍어내.

난 아주 당연한 듯 아주 당연하게 유환이에게 다가갔다.

"내 손 뚱뚱하다고 놀리면 안 돼. -////-"

"나 너랑 안 할건데?"

"그으럼-_-? 누구랑 할건대?"

"지연이가 같이 하자고 방금 문자 보내서 그러자고 했어."

"진짜야? 너 넘해!!! 그럼 나 누구랑 하라고?"

"내가 있잖아. ^-^"

옆에서 얼굴을 쭉 내밀며 지눔을 가리키는 댄스…. ㅜ_ㅜ

"너… 너랑 하자고 -_-?"

"싫어-_-? 싫음 말어!!!"

"아냐 -_-하자."

그렇게 난 댄스 놈과 나란히 앉아서-_- 내 손을 내밀고 녀석의 석고 찍기 실력에 모든 걸 걸고 있었다. ;;;

"야, 우리 석고 모자라겠다."

"왜!"

"니 손이 너무 뚱뚱하잖아…. ㅜ_ㅜ 옆 조에서 훔쳐올게 기다려. -_-"

"안 모자랄 거 같은데…. ㅜ_ㅜ"

곰새 옆자리로 가서는 몰래 훔쳐오다가 -_-말싸움이 벌어진 댄스…. ㅜ_ㅜ

"야!! 왜 남의 걸 가져가!!"

"우리 모자라니깐. -_-"

"그건 니네 사정이지."

"그래 우리 사정이니까 -_- 가져가지."

"-_-"

"고맙게 빌려갈려고 했는데-_- 하나도 안 고맙네…. 수고들 해."

그렇게 한웅큼 석고를 손에 들고 온 댄스. ㅜ_ㅜ 뚱뚱한 손이 참으로 부끄러워지는 상황이다.

"이제 다 됐다. ^-^"

"응. -_-;;;"

내 손가락을 보고 흡족해하는 댄스 _

나까지 절로 흥이 난다. -_-; 바쁘디 바빴던-_- 수업이 모두 끝나고 오늘도 역시나 댄스 놈과 나란히 녀석의 집을 향해 교문을 벗어나는데 우리보다 앞서 나갔던 연정이의 뒷모습이 보였다.

"어?? 연정이다."

그 말이 끝나기가 무섭게 연정이의 앞으로 미끈하게 서는 검정색 자가용 _

저번에 비올 때 본 차 같은데…?

"야… 강아윤 저 차 넘버 몇이냐?"

"차 번호? 8349인데?"

"8349? 확실해?"

"응…. 근데 왜??"

"아냐. 가자…."

연정이는 그 사이에 벌써 그 차를 타버리고 부우웅- 벗어나고 있었다.

사교네 차도 도착을 하고 난 어느새 친해진 기사 아저씨께 내 눈웃음을 최선을 다해 쏘며 인사를 했다. ㅋㅋ

가라앉은 목소리로 말하는 댄스 _

"아저씨 아까 보셨죠?… 그 차."

"……."

"보셨죠? 제가 잘못 본 거 아니죠?"

"도련님…."

"아니에요. 아저씨 가요."

아까 연정이가 탄 그 차 아는 찬가 -_-?

댄스 놈 표정이-_- 꽤나 살벌하게 변해 있었고 아저씨 또한 얼굴에 웃음이 없어지셨다.

난 뻘쭘 -_-;; 해져선 창밖을 내다보며 흥얼흥얼 -_- 나만의 노래에 심취했다.

"존나 음치네. -_-"

"-_-"

"내 차에서 노래 하지마. -_- 차 썩어."

"…-_-+…"

대꾸도 없는 내게 끊임없이 시비질을 해대는 댄스_

토요일이라 그런지 날씨도 더욱 화창하게 느껴지고 ㅜ_ㅜ 내 신세가 처량하기 그지없다. 어흑….

그러나!!-_-!!

사교네 집에 도착 하자마자 펼쳐진 점심 밥상을 보며 난 금세 이런 게 행복이구나 느꼈다. ㅜ_ㅜ

행복은 멀리 있는 게 아니다. -_-;; 행복은 늘 우리곁에 살아숨쉬고 있다.

"야… 밥먹고 놀러가자."

"댄스, 참말이야?"

"어."

"어디로^-^? 어디로 갈 건데?"

"놀이공원 갈래-_-?"

"진짜진짜? 히힛. 그래그래."

그 말이 끝나기가 무섭게 빨라지는 나의 먹기 속도. -_-;;

"천천히 먹어. -_-"

"응… 후루루루루쩝."

Lollipop 13

난 놀이공원에 간다는 설레임에 밥이 입으로 들어가는 지 코로 들어가는 지도 잊은 채 -_- 열심히 밥이 없어지기만을 기다렸다.

"다 먹은거야?"

"응. =_="

"그럼 슬슬 준비하고 가자. 근데 너 교복이잖아. -_-"

"응. 그러네. -_-;;"

"흠 -_- 너 니네집에 갔다와, 창피해."

"알았어. -_-"

교복입은 내 모습을 창피해 하는 녀석 때문에-_- 난 재빨리 집으로 달려가 사복으로 갈아입고 다시 녀석네 집으로 뛰어뛰어뛰어를 했다.

“어?? 아윤아 너 어디 가?”

“어, 유환아 나 빨리 가야해. 있다 얘기하자.”

“어디 가는데?”

“놀이공원 뿌힛. >_<”

“…….”

난 무언가를 더 말하려고 뻘쭘대는 유환이를 등지고 열심히 달렸다.

집까지 가서 옷갈아 입고 다시 돌아오는데 총 소요시간 40분 _

대단한 스피드^-^V 라고 말할 수 있다.

헉… 헉…

“벌써 왔어-_-?”

“응. 빠르지?”

“엄청 빠르다. 내가 그렇게 빨리 보고 싶었졍?”

“나 다시 집에 가까나-_-?”

“그러든가….”

“사실 좀 보고싶기도 하더라.”

“훗, 그럴 줄 알았어. 가자.”

난 뜻밖에 놀이공원에 가게 된 것이 마냥 신났다. 내 옆에 맘에 안드는 사교라는 놈이 자리 잡고 있었지만 그런 건 중요하지 않다. -_- 다만 내 머리속엔 바이킹이라는 놀이기구만 존재할 뿐이다. ㅋㅋㅋ

“근데 댄스, 왜 갑자기 놀이공원?”

"그냥, 이런 데라도 안 오면 폭발해 버릴 것 같아서. 다 때려부실거 같아서."

"-_- 뭘 때려부셔?"

"우리집."

"엄머 -_- 그 좋은집을 왜 뿌시니. +_+ 돈 될 거리 있으면 뿌시기 전에 나한테 버려. ㅋㅋ"

"-_- 야…."

"응?"

"너… 원조교제에 대해서 어떻게 생각하냐?"

"응? 원조교제 -_-? 아저씨들이 돈 주고 애들 꼬셔서 러부러부 하는거?"

"어."

"나쁜거지. -_-"

"그렇지. 나쁜거지?"

"그으럼~!! 근데 왜 물어?"

"그냥…. 아이스크림 먹을래?"

"그런 건 물어보지 말고 그냥 사와. ^-^"

"알았다."

녀석은 곰새 달려가 푸짐한 아이스크림 두 개를 들고 컴백했다.

"이야~ 맛있겠다. 〉_〈"

냉큼 아이스크림을 가로채-_-고는 녀석을 끌고 성큼성큼 바이킹이 있는 쪽으로 경보걸음을 걸었다.

“댄스, 우리 저거 딱 다섯 번만 타자!!”

“다섯… 번-_-?”

“응. 난 바이킹이 세상에서 젤루 좋아. 뿌힛.”

“난 제일 싫어. -_-”

“타자타자타자!!!”

“너 혼자 타라. 나 저거 타면-_- 토해. 니 얼굴에 토할지도 몰라.”

“우씨… 정말 안 탈거야? 엉?”

“어. 안 타….”

녀석이 안 타다고…ㅜ_ㅜ 나까지 안 탔을거라 생각했다면_

땡!-_-!

난 바득바득 사람들 틈에 끼어서 혼자 다섯 번을 타고 말았다.

-_-V

“징하네. -_-”

“히힛… 이제 다 탔다. ^-^ 가자!!”

“-_-괴물.”

“토쟁이. -0-”

“괴물. -0-”

“토쟁이. -0-”

바이킹을 다섯 번 타고난 이상-_- 내가 이곳에 더 이상 있을 이

유는 없다. ㅋㅋ

"땐스 이제 집에 가자. -0-"

"가 -_-?"

"응. 바이킹 다 탔으니까 이제 여기서 나가도 돼."

"존나 이기주의자네. -_- 난 너 다섯 번 탈 동안 계속 기다렸는데 넌 그냥 가시겠다?"

"그럼 어쩌라고. -_- 너도 뭐 타고 싶은 거 있니?"

"어 있어…. 따라와."

하며 녀석은 날 끌고-_- 후미진 곳으로 인도했다.

어딜 가는거니-_-? 녀석이 날 끌고 온 곳은-_-;; 다름아닌 귀신의 집 앞이었다.

"난 여기 다섯 바퀴 돌고 나갈거야…. 기다리든가 따라오든가 해."

"-_- 싸이코."

"그래. 싸이코 오빠는 귀신의 집으로 출발!!-0-!!"

녀석은 날 팽개치고-_- 혼자 귀신의 집속으로 쏙 사라졌다. 나 혼자 여기서 뭐하고 있으라고 _

달리 할 일이 없는 나는 녀석의 들어가는 모습을 보고 재빨리 뒤를 따라 뛰었다.

으스스스스~~~~

이히히히히~~~~

아… 무서워…. ㅜ_ㅜ

나 이런 거 싫어하는데….

"꺄악!!!"

"으악!!!"

여기저기서 사람들의 비명소리가 날 더욱 소름끼치게 만들었다. ㅜ_ㅜ

근데 이놈은 어딨는거야. 어두운 가운데서도 난 녀석을 찾아 헤맸다.

"저교 혹시… 댄스?"

"네-_-?"

"아! 죄송합니다…."

"저기요 혹시 댄스세요?"

"난 귀신이다!!!"

"으악!!!!"

이런 방법으로 녀석을 찾기는 무리가 있다. ㅜ_ㅜ

그때_

"내가 댄스다. -_- 너 애자 같애.-_-"

"어 사교야!! ㅜ^ㅜ 응응 나 애자야, 애자. 그니까 나 버리고 가지마… 응?"

"잡아. -_-"

하며 놈은 내 손에 지놈의 남방 끝자락을 쥐어줬다.

휴우~~ ㅠ_ㅠ

난 녀석의 뒤만 졸졸 따라다니며 귀신이 나타날 때쯤이면 바싹 다가가 녀석의 등을 꽉 쥐어짰다.

그런데… 녀석은-_- 아무리 남자라지만 아무리 이딴 건 안 무서워 한다지만 천천히 무언가를 깊이 고뇌 하듯이-_- 앞만 보며 걷고 있었다.

찬찬히 살펴봤더니-_- 녀석은 이어폰을 끼고 있었다.

새끼, 무서웠구나. -_-

귀신의 집의 끝자락이 다가왔고 이제야 안도의 한숨을 쉬려하니 놈은 다시 역방향으로 들어온 입구 쪽으로 가고 있었다.

진짜 다섯 번 돌셈인가….ㅜ_ㅜ

참말이었다. -_-;;;

세 번 역방향을 틀 때까진 설마… 설마 했지만 나도 네 번째가 되고나니-_-;; 이젠 무섭지도 않고 그저 담담했다.

눈도 암순응을 했는지-_-;; 처음엔 어두웠지만 주위가 차차 보이기 시작했다.

"댄스 -_- 이 무식한 놈…."

"……."

"이어폰 빼봐!!-_-!!!"

"……."

"이어폰 빼라고!!!-_-!!!"

하며 녀석의 귀에 꽂혀있는 이어폰을 확~ 잡아 뺀 순간 난 내 눈을 의심했다.

녀석이 울고 있다. 굵은 눈물이 뚝. 뚝. 떨어지고 있었다.

댄스… 댄스야….

Lollipop 14

우는 녀석을 바라보는 나와… 우는 모습을 들킨 녀석은 한참동안 서로를 바라본 채로 몇 분간 멈췄다.

먼저 입을 연건 나_

"사교야…."

"……."

난 살며시 녀석의 귀에 꽂혀있는 이어폰을 빼며_

"왜 울어…."

라고 조심스럽게 말을 건넸다.

"무서워. ㅜ0ㅜ"

"무서워?"

"귀신들이 너무 무서웠어."

"여기 귀신들은 다 가짜야. -_- 만든 거잖아…."

"그래도 무서운 건 무서운 거야. -0-"

금세 언제 울었냐는 듯이 투덜대며 밖으로 나가는 댄스_

물론 귀신 때문에 울었다고 믿지는 않지만 다른 이유를 묻지는 않았다.

분명 이런 곳에서 눈물이 날 만큼 녀석은 슬픈 일이 있는게야.

“야 근데-_- 너 이름이 뭐야?”

“뭐라구?”

“너 이름이 뭐냐구. -_-”

“내 이름 몰라 -_-? 진짜 몰라?”

“아 뭐였는데 까먹었어. -_-”

“너 무슨 애가 그러냐…? 어쩜 며칠 째 말한 친구 이름도 몰라?”

“-_- 우리 친구 아니야…. 넌 내 하수인이야. -_-”

“옙. -_- 하수인 이름 강아윤입니다.”

“강아윤…. 훗… 강아지같다. 강아지.”

“-_-…”

“오늘 내가 귀신 보고 운 거 애들한테 말하면 안 돼. >_<”

“창피하구나~!! ㅋㅋ”

“어 무척 창피해. -_-”

“알았어. 비밀로 해주게. -0-”

“그래… 집에 찾아갈 수 있지? 나 먼저 갈게.”

하며 녀석은 뒤도 안 돌아보고-_- 뛰어서 멀어져 갔다.

대체 뭐야_

신비한 녀석 같기도 하고-_-a 모자란 녀석 같기도 하고. -_-a

가만있자… 여기서 집에 어떻게 가야하지-_-? 더듬더듬… 머리를 굴려가며 생각을 해댔다. 지하철을 타야하나… 버스를 타야하나….

그런데… 문제는 돈… 이다…. ㅜ_ㅜ

아까 집에서 급하게 옷을 갈아입고 나오느냐고 주머니에 있는 돈을 옮기지 못했다.

놀이공원에선 사교놈이 다 썼기 때문에 생각지도 못했는데….

어쩐다… 어쩌긴. -_-;;;

난 핸폰을 열어서 유환이에게 꾸욱꾸욱 전화를 걸었다.

"여보세여-"

"유환아, 나 돈이 없어서 집에 못 가. ㅜ_ㅜ"

"무슨 소리야?"

"놀이공원에서 나왔는데… 돈이 없어."

"사교랑 갔던거야?"

"웅…. 빨리 와 유환아…. ㅜ_ㅜ"

"사교한테 돈 꿔달라면 되잖아."

"걔 가버렸어. 없어 여기…."

"후… 어디야?"

"**공원 시계탑 앞이야."

"기다려-"

역시… 역시 내 친구 유환이 뿐이구나…. ㅜ_ㅜ

30분이 지나고 택시에서 내리는 유환이의 모습이 보였다.

"유환아!!!ㅜ_ㅜ!!"

"병신. -_-"

"미안미안."

"차비가 없는 지도 모르고 헤어지면 어쩌라는거야?"

"미안미안…. ㅜ_ㅜ"

"앞으론 나 부르지마."

"응?"

"앞으론 이런 일 있게 하지 말라고."

"응, 알았어. 미안해…."

"마지막이야, 이러는 거."

"응, 알았어!! 고만해…. ㅜ_ㅜ"

유환이는 살짝 화가 났는지-_- 돌아오는 택시 안에서도 내내 창밖만 바라본다.

"화났어? 미안해. 다신 안 그럴게…. ㅜ_ㅜ"

"야, 너 사교네 언제까지 가야하는 거냐?"

"몰라."

"그러다 둘이 정들겠다?"

"아니야!!! 그럴 일 없어!!!"

"오바하긴. -_-"

"그런 거 아니래두!!!"

"알았어. -_- 소리 지르지마."

"어. -_-"

아무래도 녀석은 내가 댄스네 집에 가는 것이 몹시나 불쾌한갑다. 왜냐하면 -_- 내가 없으면 녀석은 심심하니까.

이 일이 일어나기 전까지 녀석과 나는 수업만 끝나면 녀석네 집 아니면 우리집에서 남은 시간을 함께 하며-_- 뒹굴고 싸워댔으니 내가 바빠지고 조금 심심하긴 할거다. -_-

Lollipop 15

짹짹짹짹-0-

둥근 해가 떴습니다. -_-

지리에서 일어나서~ 제일 먼서 이를 닦자. 그 다음은 모르겠다. 흠_

일요일이라 낮잠 좀 자볼까 했더니-_- 아침부터 부산을 떠는 엄마, 아빠 덕분에 눈이 절로 떠진다. =_=

오늘이 식목일이라 나무를 심으러 가신다나 -_-?

꼬박꼬박 공휴일마다 최선을 다하는 부모님이시다. 식목일엔 나무를 심고-_- 한글날엔 끝말잇기를 하고-_- 광복절엔 대한민국 만세를 외치시고-_- 3.1절엔 유관순 언니 보러 독립기념관을 손수 찾으시고. -_-

아… 이 지구상에서 제일로 바쁜 부모다!!!-0-!!!!

“엄마-0-나 밥이나 차려주고 가!!”

“있다 유환이 올 거야. 같이 시켜먹어.”

“맨날 주말마다 자장면만 먹냐!!!”

“짬뽕 먹든가. -_-”

"우씨…. ㅜ_ㅜ"

오늘도 유환이네 부모님과 함께 가시는구나. -0-

잠시 후 엄마, 아빠가 나간 후 유환이가 뻔뻔스레 지놈네 집인 양-_-; 저벅저벅 들어와 쇼파에 몸을 날린다.

"하이. -_-"

"오냐."

"모야모야!! 숙녀 혼자 있는 남의 집에서 왜 그렇게 뻔뻔해."

"나 가까 -_-?"

"모야. 너 왜 그렇게 세게 나오는데?"

"가, 말어?"

"맘대로 해. -_-"

가!!! 란 말이 목구녕까지 쳐 올라왔지만-_-;; 녀석의 기분상태가 썩 좋아 보이지 않아서 꾸욱 참고는 내 방으로 들어가 버렸다.

잠을 청해 봤지만-_- 밖에 녀석이 있다는 사실이 거슬려서는 도통 잠을 이루지 못하고 민기적거렸다.

살짝 방문을 열고는 놈의 행동을 살펴댔다. 뭘 하는거지? -_- 뭘 하는 거야 남의 집에서-_-?

녀석은 -_- 쇼파에 벌러덩 누워서 한쪽 팔을 이마 위에 올리곤 잠이 들었다.

녀석의 쌔근쌔근 소리가 조용한 거실을 채우고 난 발 뒤꿈치를 들고는 녀석에게 다가갔다. -_-

"야!!-0-!! 자냐!!"

"……."

"왜 남의 집에서 자고 그래. -_-"

"……."

"벌써 잠든거야 -_-? 아~ 심심한데. -0-"

식탁에 걸쳐져있는 이불인 척하는 커다란 수건을 들고는-_- 넘의 몸땡이의 반을 가려줬다.

기럭지가 길어서 그런지-_- 그 긴 수건이 배랑 허벅지 밖에 가려지질 않네.

혼자 리모콘을 들고 이리저리 채널을 돌리다가 문득 녀석을 바라봤다. 곤히도 자네. -_-

근데 저넘이 언제 저렇게 컸지?? 해마다 키가 조금씩 더 크는 것 같다.

180을 훌쩍 넘은 키는 하늘 높은 줄 모르고 여전히 커가고 녀석의 유일한 단점이라 우기는 평발도 점점 넓어져 가는 것 같고-_-a 매일 같은 자장면을 먹으며 주말을 보내는데-0- 왜!!! 저놈만 저렇게 커져가는거야.

아 심심해-0-심심해. -0-

주말인데도 온통 잼있는 프로라고는 찾아볼 수가 없구나.

기어이 난 인내심을 참아내지 못하고 자는 유환이를 깨우기로 맘먹었다.

"야, 가유환!! 일어나."

"음…."

"일어나!! 나 심심해!!!"

"깨우지마. 졸려…."

"어제 밤새 뭐했는데… 뭐했길래 그렇게 피곤하냐!!!"

"밤새 야한 생각했다. =_= 내 머리 10센티는 자란 거 같지 않냐?"

"저질. -_- 그러고 보니 많이 자란 거 같기도 하고…. -_-"

"너도 옆에 누워서 야한 생각하면서 자. -_-"

"그러까 -_-?"

난 유환이의 달콤한 꼬임에 넘어가 -_- 옆에 벌러덩 누워선 야한 생각을 하려고 노력했다.

"병신-_- 너 진짜 야한 생각할려고?"

"하라며…. -_-"

"일어나!!!"

"응. -0-"

우리는 나란히 일어나 쇼파에 앉아-_- 할 일을 찾지 못하고 방황질을 한다.

"야… 아윤아."

"응?"

"나 여자친구 사귀까 -_-?"

"여자친구? 애인?"

"어…."

"여자는 있구 -_-?"

"나 좋다는 애들이 상암경기장에 가득 찬다."

"-_-정말 그래? 흠… 그럼 사겨봐…."

"진짜 사겨?"

"응."

"진짜 -_-? 나 여자친구 생기면 너 주말마다 자장면 혼자 먹어야해. 게임도 기계랑 해야하고 음… 집에 올 때도 혼자 와야 해…."

"그래?-_-"

"응…. 그래도 사겨?"

"그렇다면 좀 고려해 봐야겠다. -_-a"

"그렇지. 친구로서 그건 도리가 아니지."

"그러고보니 그러네. -0-"

녀석과 실없는 얘기로-_- 대화를 나누고 있을 때쯤 핸드폰이 방정맞게 울려댔다.

'렐렐렐레-렐렐렐레-'

"아싸 전화왔다.^-^"

"여보세여?"

"나다!!"

"누구세여?"

"너의 주인님. -_-"

"아하… 댄스?"

"그래, 뭐해?"

"유환이랑 수다떨어."

"정말? 야!! 나도 갈래!!"

"안 돼, 넌 오지마. -_-"

"왜?"

"넌… 음… 꼽싸리니깐. -_-"

"뭐야 니네 둘이 사겨?"

"미쳤니? 그냥 오지마 끊어!!!"

냉정하게 폰을 닫아버렸다. -_- 실없는 놈 _

유일한 자유의 일요일까지 침범하려 들다니.-_-; 난 핸드폰을 휙 던져버리고 쇼파를 손가락으로 긁고있는 유환이 놈에게 달려가 업혀버렸다.

"아~ 씨 너 뭐야!!!!"

"달려라 달려!!!"

"내려와!!!"

"넌 나의 애마!!-0-!! 난 애마부인!! 달려라!!"

"내려와!!!"

녀석은 덜렁 업힌 내가 정말로 무거웠는지 아니면 기분이 나빴는지-_- 날 바닥에 던져버리고는 ㅜ_ㅜ 화를 내며 베란다로 나가버렸다.

아… 아파…. ㅜ_ㅜ 개늠시끼….

Lollipop 16

베란다로 나가서 담배를 입속에 빼꼼히 물어대는 유환이-_-

내가 그렇게 무거웠드냐!!-0-!!!

한 개비-_-두 개비-_-세 개비-_-쟤 왜 저래….

유리를 사이에 두고 난 녀석에게 입모양으로_

"야!! 왜 그래!! 화났어?!!"

라고 표현했고 놈은_

"꺼져. -_-ㅗ"

라고 대꾸한다.

가정교육도 엉망인 녀석 같으니라고-_-;; 아니지 죄 없으신 아줌마 아저씨를 욕할 필요는없지. -_-

근본이 나쁜 녀석 같으니라고. -_-;

난 녀석의 담배질이 언제 끝날 지 몰라 기다림에 지쳐 중국집에 전화를 걸었다.

"네~! 중국집입니다."

"아저씨-0- 저 아윤인데요 자장면 하나 짬뽕 하나요."

"그래… 5분만 기다려라~!!"

바쁜 부모님 덕에 중국집 사장님과도 얼굴을 튼 사이다. -_-;;

엄마의 추천대로 오늘은 짬뽕을 먹어줘야지!!

"야!! 니건 자장면 시켰어!"

"나 짬뽕 먹을거야."

"안 돼!! 벌써 시켰어."

"싫어. -0- 다시 정정해."

"왜 그래!! 그냥 먹어!!!"

"됐어. -_-짬뽕 먹을거야."

"아씨…. -_-"

내 짬뽕 주고 말지-_-; 이런 걸로 싸우고 있는 내가 어쩐지 가여워져서는 녀석에게 짬뽕을 양보하는 댓가로 주먹을 날리고 화장실로 들어가 샤워를 시작했다.

아~ 시원해. 〉_〈

깔끔깔끔+_+ 반짝반짝+_+

'띵동~'

벌써 배달이 왔는지 거실은 아저씨와 유환이의 대화소리로 꽉찬 느낌이 든다.

오호호호호~~

불기 전에 먹어야지란 급한 마음에 난 머리도 채 말리지 않고 뛰어나와 랩을 뜯어재꼈다.

"머리 좀 말리고 먹지-_-?"

"시러시러시러. 배고파."

"말려. 물 떨어지잖아."

"시원하고 좋지 왜 그래. -0-"

"너무 시원해서 그러니까 말리고 와. -_-"

"아씨… 별걸 다 시비야. -_-"

쾅쾅 걸음으로 방까지 와서는 드라이기로 재빨리 머리를 말리기 시작했다. 그리고 문득 생각나는 언젠가의 가정선생님 말씀 _

"남자는 여자 머리 덜 말린 걸 보면 흥분을 느낀데요. 모두 등교길에 머리 다 말리고 버스 타도록~! 변태조심~!"

말도 안 되는 소리라 비웃고 넘어갔던 말씀이 왜 생각나는거야. -_- 녀석이 그럴리가 없잖아….

훗…

이런 생각을 하는 내가 우스워서 난 다시 머리를 말리다 말고 거실로 터덜터덜 나왔다.

"단무지 다섯 개 이상 먹지마. -_-"

"꽁생원 -_- 알았어!!"

"돼지. -_-"

"쫌생이. -_-"

또다시 말도 안 되는 말싸움은 시작되고 먹기에도 속도가 붙어간다.

"꺼억~"

"아씹-_- 드러워 죽겠네."

"넌 트름 안 해 -_-?"

"여자 앞에선 안 해. -_-"

"엄머~ >_< 유환아 -_- 내가 여자니?"

"……."

"왜 대답을 안 해? -_- 나 여자로 안 보잖아. 새끼. -_-"

"가끔 여자로 보일 때 있어…. 그러니까 그런 짓 하지마."

"… -_-?…"

"뭘 그렇게 쳐다봐. -_- 니가 여자지 그럼 남자냐?"

"여자는 여잔데 -_- 난 너 남자 아닌 거로 생각해."

"그러냐?"

"응…."

"하긴… 그러니까 남의 가슴도 함부로 만지고-_- 느닷없이 업히고 그러겠지…. 흠…."

"-_-…"

"먹기나 해…. 먹자… 먹자."

"먹고 있어. -_-"

요새 은근히 지놈은 남자고 난 여자임을 강조해대는 녀석이 조금 이상하지만 -_- 뭐 맞는 말이기에 -_- 넘어가기로 했다.

한참 자장면에 혼이 나가있을 때쯤 초인종이 울려댄다.

'띵동~'

"누구지? 올 사람 없는데? -0-"

"사골거야, 열어줘."

"사교-_-? 사교가 왜 와?"

"내가 주소 알려줬어. 열어줘."

"아씨-_- 왜 남의 집에 니맘대로 불러!!!!"

"우선 열어줘라. -_- 기다리겠다…."

난 텅텅텅 걸어가서 문을 휙 열고는-_- 녀석의 얼굴만 확인하고 거실로 돌아와서 자장면에 다시 집중했다.

"사람이 왔는데 반기지도 않네. -_-"

"어서와 사교야. 밥 먹었어?"

"응. 먹었어…. 유환아 -_- 나 불청객이야?"

"아니야. 내가 불렀잖아. 앉아."

우리집인데-_- 마치 지들 집 인냥 두 녀석은 신나서 서로를 반기기질을 해댄다. -_-

난 두 놈을 거실에 남겨놓고는 방으로 새초롬하게 들어가서 컴퓨터놀이를 했다.

근데 밖이 왜 이렇게 조용하지-_-?

궁금하네-0- 궁금하네-0-

살짝 나가봤더니-_- 두 녀석은_

Lollipop 17

『부르마블』이라는 게임에 심취해 있었다. -_-

저거 초등학교 때 해보고 안 해본 게임인데 어디서 구해왔지?

두 놈은 똑같이 공평하도록 돈을 나눠 갖고는-_- 호텔, 빌딩, 콘도를 사들이고 있었다.

쯧쯧 -_-

한심한 마음에 혀를 차다가 살짝 나도 하고 싶은 마음에-_- 까치발을 하고는 두 놈 가까이 숨을 죽이며 다가갔다.

"니네 뭐하냐!!-_-!!"

"……."

"그거 뭐냐 -_-? 부르마블이냐?"

"……."

"잼있냐 -_-? 그거 나 디게 잘하는데…."

"……."

우씨… ㅜ_ㅜ 왜 내 말 다 씹는거야!!! 한 마디쯤 대꾸라도 해주면 은글살짝 끼어서 함께 게임을 즐길 수 있을텐데…. ㅜ_ㅜ

"강아윤, 너도 하고 싶어?"

"유치해. -_- 안 하고 싶어."

"그래? 그럼 니방 가서 혼자 놀아. -_-"

"그거 어디서 났어 근데 -_-?"

"사교가… 집에서 가져왔어."

"유치한 놈. -_-"

"들어가서 잠이나 자라."

쳇 -_-

한번쯤 더 권하면 은근슬쩍 해볼라고 했는데 역시 영리한 녀석

들에게 나만의 계획은 맞아 떨어지지가 않는다.ㅜ_ㅜ

난 거실 바닥에서 게임을 즐기고 있는 녀석들에게 최대한 피해가 가도록 볼륨을 30까지 켜놓고는 -_- 룰루랄라 노래를 따라 불렀다.

"강아윤 -_- 시끄러워. 볼륨 좀 줄여."

"여기 우리집인데-_- 시끄러우면 니네가 나가!!"

"치사하네. -_-"

"댄스!!! 너 불청객이야 니네집에 가!!"

"치사해서 간다. -_- 유환아 가자."

그러더니만 -_- 주섬주섬 부르마블을 챙겨넣는 댄스와 주섬주섬 위에 벗어놨던 남방을 챙겨입는 유환이…. ㅜ_ㅜ

"정말 가게 -_-?"

"가람서. -_- 우리 놀이터에서 할거다."

그렇게 두 놈은 ㅜ_ㅜ 부르마블을 어깨에 끼고 나가버렸다.

한순간 넓어진 거실 -_- 터질 거같은 TV볼륨소리, 더더욱 외롭고 심심해진 나. ㅜ0ㅜ

난 재빨리 베란다로 나가서 -_- 유리를 통해 보이는 놀이터를 내다봤다.

헉 -_-

두 놈은 놀이터에 있는 꼬마 2명을 어느새 꼬셨는지 오순도순 넷이서 부르마블을 하고 있었다.

췟췟췟!!! 그래 잘들 놀아라!!!!-0-!!!!

그렇게 외톨박이가 되어버린 아윤이는-_ - 이리저리 친구를 찾아 전화를 하기 시작했다.

"미나야!! 나 아윤이야. ^o^ 바쁘니? 우리 만날까?"

"어쩌지. 나 지금 남자친구 만나러 가는데…."

"그래 -_-? 잼나게 놀아라. - _-"

"그래 아윤아 너도 빨리 애인 생겼으면 좋겠다. ^^"

"끊어. -_-"

그렇게 다섯 번의 실패 끝에 ㅜ_ㅜ 여섯 번째로 지현이에게 전화를 걸어서 성공했다.

전화를 끊자마자 뽀샤시하게 화장을 하고-_- 검정 원피스를 입고 질끈 묶고만 다녔던 머리도 풀어헤치고 당당히 밖으로 나왔다.

가는 길에 놀이터에 들러서 자랑 좀 하고 가야지. -_-;

"애들아~ 부르마블을 하는 유치한 애들아. ^0^ 나 놀러간다 ~~~~~~ 안뇽. >_<"

"야!!! 너 어디 가는데!!!"

"술 먹으러. ^-^ 빠빠이~"

살짝 약오르고 부러워하는 시선이 느껴졌지만 혹시나 따라올까 봐 힐을 신어서 뒤뚱거리는 다리를 이끌고 뛰어재꼈다. 뿌힛_

#여기는 술집-_ -

"엄머 애들아~~ 너무 오랫만이야. >_<"

"그래그래 오랫만이다. 우하하하 _"

"마셔~ 마셔재껴~."

"아윤아… 너 이뻐졌다…."

"정말? 오호호호."

"농담이지. ^^그 얼굴 어디 가겠냐?"

"-_-^ 소라야. 넌 더욱 구질구질해졌다."

그렇게 간만에 만난 중학교 친구들과 반가움을 안주 삼아 -_- 우리는 미친 듯이 마셔재꼈다. 히힛….

한 잔이 두 잔이 되고-_-…

두 잔이 네 잔이 되고-_-…

네 잔이 열 여섯 잔이 되고….

$y=x^2$의 신종 술 공식이 탄생 되고 난 해롱해롱의 세계로 마구 달린다. @_@

Lollipop 18

해롱해롱… 내 몸무게가 100킬로그램이라고 말해도 믿을 만큼 무겁게 느껴진다. ㅜ_ㅜ

"아윤아… 기집애야. 눈 좀 떠봐. 너 집에 갈 수 있겠어?"

"아~ 음 =_= 가야지. 집에 가야지. 안 가면 엄마한테 맞아 죽어…. ㅜ_ㅜ"

"몸 좀 추수려봐. -_- 이래서 어케 가."

"어뜨카지. -_- 내 몸무게 100키로 100키로… 힛…. 내 핸드폰으로… 전화 좀 해죠."

"집에??"

"아니아니… 거기 찾아보면… 유화니라고 있더. 글루 전화해죠."

"남자친구?"

"웅웅. 친구친구. ^o^"

"알았어 기다려봐.-_-"

친구 셋이 모여서 -_- 내 핸폰으로 유환이를 찾는데 10분이 넘게 걸리는 듯했다. 니네두 취한 게구나. -0-

한참의 시간이 흐른 뒤 눈을 떠보니-_- 술집 앞에 나 혼자 앉아 있었다.

개놈들… ㅜ_ㅜ

나만 놓고 다 집에 갔는갑다.

"일어나."

"웅 =_=? 누구세요?"

"일어나 강아윤."

"어?… 유환이다. ^-^ 여긴 어쩐일이야?"

"니 친구가 전화했어. -_- 니가 시켰잖아!!"

"아참 아참 맞다. ^-^ 우리… 돌쇠 왔구나~!!!"

"일어나. 제대로 서봐."

"응…. ㅜ_ㅜ 근데 몸이 안 움직여…."

"아… 돌아버리겠네…."

"으앙…. ㅜ_ㅜ 나… 몸이 이렇게 무거운 지 몰랐어. 다이어트 해야해… 해야해…."

"좀 해라. -_- 아~ 짜증나. 업혀."

"헤-업혀? 나 진짜 업혀?"

"어… 업혀…."

"히힛. 알았어. 앉아봐. 업히게. ^^"

"아… 짜증나. -_-"

살짝 구부려 앉은 유환이의 등으로 폴짝 -_-뛰어 업혔다.

"우와… 유환아, 너 등 디따시 넓다. ^-^ 태평양같은 유환이 등짝대기. ^o^"

"조용히 해. 말하면 더 무거워."

"응…. ㅜ_ㅜ 근데… 우리 유환이 이제 장가가도 되겠다. 듬직해~~~"

"……."

"왜 대답 안 해-_-?"

"취한 사람이랑 말하기 싫어.-_-"

"응…. ㅜ_ㅜ"

"……."

"부르마블 잼있었어 -_-? 나 빼고 하니까 좋아?"

"좋드라…. 너 없으니까."

"나 없으니까 참말 좋아?"

"어…."

동네까지-_- 찡찡대고 날 업고 온 유환이는 집 앞에 오자마자 기다렸단 듯이 날 던져버리곤 _

"앞으로 나 부르지마. -_-"

한다.

"미안해…. ㅠ_ㅠ"

"내가 저번에 분명히 말했지. 마지막이라고. -_-"

"근데 마지막 아니었잖아. 담에 또 나 델러 올거면서. ^0^"

"아니야. 이제 절대 안가. -_-"

"알았어. 치사쟁이… 나 간다."

"술 다 깨고 자. 그냥 자면 내일 머리 아프다."

"응… 빠이. 〉_〈"

살금살금~ 술 냄새가 풍길까 숨도 참으며 목욕탕으로 바로 들어가선 샤워를 쫘악쫘악 해줬다.

엄마, 아빠 모두 주무시는 듯 _

다행이네. 히힛….

방으로 통하는 베란다로 나가서 머리를 말리고 있는데 창 넘어로 유환이의 모습이 보였다.

어?… 아직 안 갔네. 아까 부르마블을 했던 의자에 앉아서 담배를 피고 있는 유환이 _

왜 안 가고 있지. 모기가 난동을 피우고 있을텐데….

굶주린 모기새끼들을 위해 헌혈중이니-_-?

"야!! 유환아!!!"

창문을 열고 밖을 향해 소릴 질렀다. 고개를 돌려 날 발견하고는 -_- 녀석은 구긴 인상으로 담배를 비벼끄고 터덜터덜 뒤돌아서서 가버린다.

우씨… 민망하게 -_- 대답도 안 해주냐.

Lollipop 19

술이 안 깨서 밤새도록 뒤척거렸더니…ㅜ_ㅜ 속보다는 잠이 부족하다. -_-;

잠이 부족해 부족해 2만%_

살며시 아침밥상을 봤더니 오 마이갓!-0-! 아침 메뉴는 볶음밥, 간간히 보이는 새우새끼와 (우리집 살림 많이 폈는가봐. 비싼 새우 -_-) 느글느글느글 기름덩이-_- 헴.

굳이 비중이 큰 멤버는 아니지만 지들 색깔을 맘껏 뽐내고 있는 피망, 제일싫은 당근, 냄새구린 양파_

쳐다도 보기 싫은 메뉴다. -_-

술 먹은 다음날 볶음밥 먹어 본 사람만이 알 것이다. 그놈의 느끼함을…. ㅜ_ㅜ

대충 샤워를 마치고 살짝 밥상을 피해 도망가는데 엄마가 날 불러댄다.

"아윤아, 아침 먹어!!"

"어 -_-?… 아침 별로 안 먹고 싶은데."

"너 어제 몇 시에 들어왔어. 어!!??"

"일찍. -_-"

"12시 넘어서도 안 온 거 알어. -_- 술 먹었지. 응?"

"조금. ^o^ 하하하…."

"술 먹은 다음날은 무조건 볶음밥이야!!-_-!!! 이거 한 그릇 다 먹고 가. 벌이야."

"응…. ㅜ_ㅜ"

잔인하고 사악한 엄마. 너무나 사악하고 영리한 우리엄마_

꾸역꾸역 넘어오는 토를 참아가며 밥을 삼키고 있건만 엄마, 아빠는 마냥 신나게 -_- 내 모습을 보며 즐거워하신다.

두 분의 행복을 위해 이쯤의 불행쯤은 -_- 감수 하… 할 수 없지요.

후다다닥…

방으로 뛰어들어가 가방만 들고 대문을 나서버렸다. -_-V

그런데… 어라 -_-양말을 안 신었네. ㅠoㅠ

다시 들어가서 양말을 신고 나올까도 생각해봤지만-_- 영… 염치가 없다.

그래. -_- 아침을 먹는 날이 있으면 굶는 날도 있듯이 양말을 신는 날이 있으면 안 신는 날도 있는 거다.

터덜터덜-_-

어찌저찌 학교에 등교를 하고 실내화를 갈아신는데 울퉁불퉁 내 발가락이 무척이나 부끄럽게 느껴진다.

그런 내 뒤에-_- 언제 살며시 다가왔는지 _

"너 왜 맨발이야 -_-?"

댄스가 말을 걸어댄다.

"신경꺼. -_-+ 부르마블쟁이야."

"하핫. ^ㅇ^ 너 발꼬락 이상하다. -_- 가운데 발꼬락이 제일 짧아."

"말도 안 돼. -_- 내가 기형아냐!!-_-!!!"

"니가 봐봐. -_-"

살며시 내려다 본 내 발가락들의 길이 선열 _

흠 -_- 참말이네….

참말로 가운데 발가락이 제일 짧네. ㅜ_ㅜ 18년동안 모르고 살아왔는데 니늠 덕에 난 한순간 기형아가 되어버리고 마는구나.

"참 아윤아…. 니짝 이름이 연정이지?"

"응 -_-왜!!! 관심있어?"

"응 관심있어. ^-^"

"새끼-_- 이쁜여자 보는 눈은 있구나…."

"걔네집 주소 좀 알려줘."

"싫어. -_-"

"왜?? 질투해? 너만 좋아해줄까나? ^ㅇ^"

"꺼져. -_-"

"아우~ 아윤이는 질투의 화신. 〉_〈"

"아우~ 댄스는 미친 놈. -_-"

교실로 미친듯이 내빼고는 -_- 가방을 풀렀다.

"아윤아… 너 왜 맨발이야?" (간만에 등장한 연정이-_-)

"아… ^-^ 나 봐봐라. 가운데 발가락이 제일 짧다. -_-신기하지 신기하지? ^^;;"

"아윤아 -_- 주말에 무슨 일 있었어?"

"아니. 왜?"

"약 먹을 시간이다. -_-약 먹어."

"응. -_-"

"야!!! 강아윤."

날 불러대며 다가오는 댄스 _

하지만 시선은 연정이에게 고정 되어있다. -_-

치사한 놈 날 이용해서 사랑을 쟁취하려 하다니. 흠. -_-

"연정아 있잖아 -_-재가 너한테 관심있대."

"어…?…"

"둘이 잘 해봐. ^o^ 이쁜이와 또라이. 미녀와 야수… 어울려. 〉_〈"

"강아윤, 넌 좀 절루 가 있어봐. 연정아 안녕? ^^"

"어?… 어… 안녕…."

"앞으로 친하게 지내자. ^-^ 난… 권사교야…."

"그래. 사교야 안녕. 난 연정이야…."

날 가운데 놓고-_- 어색한 인사질을 해대는 미녀와 또라이;;;

Lollipop 20

사교놈은 오늘 하루종일 쉬는 시간마다 -_- 날 밀어재끼고는 내 자리에 앉아서 연정이와 이런저런 수다를 떨어댄다.

언제부터 내 욕을 해댔는지 귓구멍이 간질간질 _

내 발가락이 어떻다는 둥… 난 아직 철이 없다는 둥, 벌떡 화가 나서 둘을 한바탕 때려 볼까도-_- 생각했지만 원래 남녀사이란 발전의 단계가 많이 어색한 걸 알기에 참아주기로 했다.

둘 사이에 끼어 있기가 뻘쭘해서는 몸을 배배꼬면서 유환이 옆에 살짝 앉았다.

"유환아 >_< 안녕."

"어."

"엄머… 우리 유환이 머리에 젤 발랐네. ^0^"

손을 뻗어 녀석의 머리를 살짝 만지려 하는데 녀석은 스피드하고 민첩하게 내 다가가는 손을 확 처버린다. ㅜ_ㅜ

민망하게…. ㅜ0ㅜ

"우씨-_- 머리 좀 만져보면 어때서 그르냐!! 치사하게."

"내 머리 만지지마. -_-"

"쳇. 안 만져…."

"근데 너 왜 맨발이야?"

"응. 아침에… ㅜ_ㅜ 볶음밥이 어쩌구저쩌구궁시렁궁시렁…."

한참-_- 이유설명을 해대고 있는데 녀석은 내 말이 끝나기가 무섭게 교실을 나가버린다. 사람이 말을 하고 있으면 끝까지 들어주는 예의는 보여야지!! 버릇없는 새끼. -_-

수업종이 울리고 사교가 지 자리로 돌아가서야 난 비어있는 내 자리로 돌아갈 수가 있었다.

"연정아 -_-저놈이 어떤 감언이설로 널 꼬득이드냐?"

"감언이설이 뭐야 -_-?"

"아우… 연정이는 농담도 잘해. ^^;;;;"

"진짜 몰라. -_-"

"연정이는 무식쟁이…. ㅜ_ㅜ"

"-_-;; 그냥 앞으로 친하게 지내자고….'

"응. -_-;"

수학수업이 시작되고 샌님은 칠판 가득히 원을 그리신다. 저 원을 다 뭐하는데 쓰려고 그러지 -_-?

"아윤아, 저 원 다 니 얼굴같애. -_-"

"-_-;;;"

은근히 사람 염장지르기가 특기인 연정이. -_-;

원을 7개 정도 그린 샌님은 원들에 옵션을 달아 직선들과 숫자를 기입하고는 -_- 저것들의 각도와 길이를 풀랜다. 제길 -_-; 내

가 어찌 아냐고요~!!! 칠판에 나가서 자 대고 잴 수도 없고. -_-;

그때 내 자리로 전달되어 온 검정봉다리. -_-

"연정아 이거 뭐야?"

"몰라. 1분단에서 전달되어 왔어."

"나 주라고?"

"응…."

감언이설도 모르는 연정이는 -_- 수학은 꽤 관심있는지 노트에 열심히 원을 그리며 푸는 척을 해댄다. -_- 연정이 다 풀면 베껴야지…. 히힛

그나저나 이 검정봉다리의 정체는 무엇이지_

바시락 바시락-_- 묶여져있는 봉다리를 푸니 이뿌장하게 구슬 두 개가 달려있는 양말이 들어있었다.

어랏?? 이게 뭐양…. 양말이잖아!!〉_〈!! 그리고 발견되는 작은 쪽지

[야! 니 발냄새 땜에 교실에 있을 수가 없잖아.]

이거 유환이 글씬데…. +_+…

난 고개를 돌려 유환이쪽을 바라봤다.

고개 돌려 지늠을 보는 날 향해 쏘는 유환이표 뻑큐. -_-ㅗ

양말 값은 그 뻑큐로 대신 까겠으~ -_-;

난 수업중간에 고개를 숙이고 양말을 신기에 전념했다.

이런 거 어디서 샀을라나? ㅋㅋㅋ

유환이 안목 특이하잖아. -0-

"자~ 다 풀었지? 지금부터 부르는 사람이 나와서 풀어라. 첫 번째 원은… 강아윤, 두 번째 원은 안영희, 세 번째 원은 오경림, 네 번째 원은 권사교…… 등등… 자 다들 나와서 풀어라!"

아씨~ ㅠ_ㅠ 난 재빨리 연정이의 노트를 봤다.

그런데 제길-_-

이놈 문제는 안 풀고 원만 잔뜩 그려놨다. 몸을 비비꼬며 -_- 앞으로 나간 칠판 _

녹색은 칠판, 하얀 건 원이구나. -_- 나만 빼고 다들 열심히 푸는 눈치다.

쪽팔려 죽갔네 죽갔어. ㅜ_ㅜ

"아윤이 넌 뭐하니? 어서 풀어."

"선생님… 솔직히 말씀 드려도 되나요? ㅜ_ㅜ"

"그래 솔직히 말해 봐라."

"저… 솔직히 잘 모르겠어요…. ㅜ_ㅜ"

"흠… 그럼 여기 앞에 팔 올리고 서 있어."

"네. ㅜ_ㅜ"

50명의 학생들이 -_- 나만 바라보는 듯한 부끄러움 _

모두들 느껴보았지요ㅜ0ㅜ?

어느새 문제를 다 풀고 들어가 멀리서 날 보고 피식피식 웃어대는 댄스새끼-_- 안 보는 척하면서 은근히 웃는 연정이놈… ㅜ0ㅜ

날 보고 인상을 쓰는 유환이늠….ㅠ0ㅠ

아침부터 되는 일 하나도 없는 아주 멜랑꼴리한 날이구나.

그렇게 하루 해도 져가고-_- 난 주말동안 까먹었던 사실이 하나 있었다.

학교가 끝나면 댄스 놈 집으로 가야한다는 걸….

가만가만 -_- 두 연놈이 눈이 맞으면 연정이를 위해 댄스한테 꾼 돈이니까 이제-_- 난 빠져도 되는 거 아닌가??

비상한 머리가 휙휙 회전을 해댄다.

히히히히힛_

부디부디… 둘이 펴영생-_- 행복하게 사귀길_

Lollipop 21

수업이 끝나고 저놈의 집에 가야한단 사실에 내 자신이 측은해져서는 -_-+ 가방을 힘없이 싸고 있었다.

"야~!!! 가자 아윤아."

"응. 가자가자가자…. ㅜ0ㅜ 그래 가자가자 꼭 가자…."

"너 왜 그래 -_-?"

"아니, 가자구. 가자구. 가자구…. ㅜ0ㅜ"

"가기 싫어? 이래선 안 되여. 돈 꾸기 전이랑 꾼 담이랑 어쩜 태도가 그렇게 바뀌냐 -_-어?"

"아냐아냐아냐. 가자가자가자…. ┬0┬"

"오늘은 기사아저씨 안 올거야. -_- 걸어가자."

"그래. 가자가자가자가자…. ┬0┬"

그나마-_- 미끈한 차 타는 재미로 녀석의 집에 가는 것이 살짝 좋았는데 -_-+ 오늘은 차도 안 온댄다. 젠장…. 뿌직!!-_-!!

녀석과 터덜터덜-_- 걷고 있었다.

"야 근데 연정이 진짜로 좋아?"

"어?… 어…."

"연정이 이뿌지? 그치?"

"어 이뻐…."

"남자들은 이래서 문제야…. ┬0┬ 이쁜 것만 보면 사죽을 못써요."

"너도 잘 생긴 남자 좋잖아. 나 같은 애. ^^"

"싸이코. -_-+"

한참 걷다가 생각해 보니-_- 우리가 왜 걷고 있는 지 의문이 들었다.

버스를 타고 가면 될 것을 왜 이 더운날 무식하게 걷고 있는 거지…?

"댄스야 우리 왜 걸어가 -_-? 버스 타자…."

"걷자. 생각할 게 있어."

"무슨 -_-?"

"그냥… 심오한 거. -_- 잠자코 걸어."

"응. -_-+"

녀석의 표정이 살짝 무서워서 한발짝 양보한 건 아니다. -_-;;

유환이었으면 뒤통수라도 한 대 갈기고 버스를 타는건데 이늠은 살짝 알게 모르게 -_- 은근히 카리스마? 아니 칼 있으마 -_-가 느껴지는 것이 한없이 개기기엔 무리가 있다.

어우… ㅜ0ㅜ 불쌍한 강아윤_

이쁘면 팔자가 세다던데 -_-내가 딱 그 처지다.

"야 강아윤."

"응?"

"어떻게 해야… 제일 잔인하게 여자한테 상처를 줄 수 있을까?"

"왜 -_- 나한테 상처주고 싶어?"

"아니. -_- 여자를 잔인하게 밟는 방법… 말야…."

"워커 신고 밟아. -_- 그럼 아프겠지. 니늠이 그래뵈도 남잔데 힐 신고 밟을순 없잖아. 힐 신고 밟으면 진짜 눈물나게 아프다. 너 몰랐지?"

"아오 -_- 너랑은 무슨 대화가 안 돼…. 병딱새끼."

"헉 -_-나 병딱새끼?… 아씨…."

"-_-+"

누구한테 상처를 줄려고 그러는게지-_-?

설마… 나? 아니겠지. -_-+ 녀석도 똑똑한 면이 있을텐데 적에게 힌트를 주진 않겠지. 그 여자 누군지 엄청 불쌍하다. ㅜ0ㅜ

그 말을 할 때 녀석의 눈에서 난 사악한 빛을 봤다. 부디 그 여자가 내가 아니길 빈다.

"훗… 사교~!! 오랫만이다!!"

멀리 다른 학교 교복을 입은 남학생 두 놈이 다가오며 댄스에게 아는 척을 해댄다. 아는 애들인가??

한번 쓰윽 보더니 이내 굳은 얼굴로 변신하는 댄스 _

"오늘 기분 별루니까 그냥 가라."

"씹새야. 니가 언제는 기분 좋았냐??"

"오늘 진짜 안 좋으니까 꺼져…."

"진짜냐?"

"그래…."

"진짜면 어쩔껀데. -_- 니가 기분 나쁘면 어쩔껀데 엉?"

"아 씨발 -_- 꺼지라고…."

"니 옆에 달린 년은 뭐냐?"

"내 팬이다, 병신새끼야."

"팬? 좆까고 앉았네."

"나 서 있는데? 그리고 나 좆 안 깠다 -_-씹새야."

옆에서 듣고 있기 참으로 민망한 욕설들과 나의 존재, -_-;;;누구인지 추적불가능한 타학교 학생님들 _

좆 안 까고 서있는 늠늠한 댄스 -_-

난 고래싸움에 새우등이라도 터질세라 -_- 등을 꼿꼿히 세우고 있었다. -_-;;;

"사교야… 그냥 가자…."

"나도 그냥 가고 싶은데 이 새끼들이 막고 서 있잖냐."

"저기요…. 님들아. ^^;;;; 저희 엄마가 아프셔서 얘랑 같이 병문안 가고 있던 길이었거든요…. 그러니까… 그냥 가던 길 가주세요. 부탁드립니다…. ㅜ0ㅜ"

"훗, 병문안? 병문안 좋아하네. 사람 죽을 때까지 패고 다니는 새끼가 병문안? 존나 어울리네…."

"누가요? 이놈이 사람을 패고 다녀요? 얘 약골인데… 제가 혼내줄테니까 님들은 그만 가보세요…. ㅜ0ㅜ"

나의 말 뽐새를 보고는 모두 기가 찬듯 벙하게 보고 있지만 -_- 난 어쨌든 등(새우등)이 터지기 싫었기에-_- 댄스 손을 꼭 잡고 그 자리를 벗어나려 줄행랑을 쳤다.

"야 씨발… 놔!! 쪽팔리게 왜 도망을 가!!"

"댄스야, 그냥 가자…. ㅜ0ㅜ 싸우면 안 돼…. 언능가서 나 밥줘 배고파…!!!"

"놔놔놔!! 저 새끼들 존나 패고 올게. 나 싸우는 거 멋있어. 너도 봐봐…."

"또라이또라이또라이…. ㅜ0ㅜ…"

어디 머리속에 나사가 하나 빠진 듯한 이놈이 쌈꾼?…ㅜ0ㅜ…

아~ 복잡하다. 만만하게만 봤는데 나도 앞으로 몸조심, 입조심 해야지. ㅠ0ㅠ

한 십여 분간 도망을 쳤더니 숨이 목구녕까지 올라온다.

헉헉….

"아 씹 너 땜에 존나 쪽팔려!!!"

"-_-미안해. 근데 싸우지 마…."

"나 이겨!! 저 새끼들한테 안 맞어!!"

"그래그래. 너 이기는 거 아는데 싸우지 마…. ㅜ0ㅜ…"

"아~ 나 이길 수 있는데… -_- 싸움 잘 하는데…."

"어어. 넌 타고난 쌈쟁이. 〉_〈 무조건 이기는 삼손!!!-0-!!! 그치만 싸움은 나쁜거야…."

"우씨-_- 아이스크림 먹으러 가자."

좀 전에 일어난 일을 까맣게 잃어버린 듯 녀석은 아이스크림을 입에 물고 흥얼흥얼 노래를 불러댄다.

이놈을 어떻게 해석해야 하는 거지. -_-

그래. 미친 개로 보자. -_-

"너 속으로 내 욕하지?"

"헉 -_- 아니."

"표정이 내 욕하는 거 같은데 -_-?"

"아니아니. -_-"

아니다. 니놈은 미친 개의 피가 흐르는 점쟁이다…. ㅜ0ㅜ

어느새 도착한 녀석의 집 앞_

아~ 다시 봐도 으리으리한 집이다.

"댄스야 -_- 니네 아빠 뭐하시는 분인데 집이 이렇게 멋드러지니?"

"우리 꼰대?"

"꼰대말고 아버지. -_-"

"그래. 우리 꼰대… 우리 꼰대… 존나 부자야…. 뭐하고 돈 버는지는 잘 몰라. 소문에 의하면 -_- 무슨 사장이라는 말도 있어."

"헉. 그룹?… 진짜?"

"그럴 걸…?"

"그렇구나…."

무슨 그룹 -_-

어쨌든 그룹이면 대기업이잖아. -_- 니늠이 그런 명문 집안의 아들래미였구나.

아~ 부럽다…. 부자새끼…. ㅜ0ㅜ

잘 보여서 떡 고물이라도 얻어 먹어야지. -_-^

오늘도 거실엔 녀석의 어머니께서 휠체어를 타고 티비를 보시고 계신다.

"안녕하세요. ^-^"

"그래 아윤이 왔구나…."

"네네 ^^ 주말에 뭐하셨어요?"

"그냥. 나야 뭐… 주말이라고 다른 거 있겠니…?"

녀석과는 정말 다른 좋으신 분 어머니 _

녀석은 방으로 그대로 꺼져버렸고 난 녀석의 어머니와 오목을 두며 -_- 10시를 향해 달려가는 시계를 바라본다.

Lollipop 22

10… 9… 8… 7… 6… 5… 4… 3… 2… 1

10시닷!!-0-!!

"어머니, 저 오늘은 그만 가볼게요. ^^ 댄스 굿바이~~"

헐레벌떡 가방을 들쳐메고는 녀석의 집을 벗어났다.

우히히히힛 >_< 이제 난 자유닷!!-0-!!

"야!! 데려다 줄게 기다려!!"

"아냐 댄스 >_< 나 혼자 갈 수 있어. 나오지 마."

"기다려!! 너 서둘러서 나가는 꼴이 이상해. -_- 뭐 훔친 거 같애. 기다려봐."

썩을 -_-;;

내가 남의 집 물건이나 슬쩍하는 놈으로 보인게냐…?

서글프네. -_- 돈 500만 원의 종이 되는 것도 서글픈데 도둑으로 의심까지…. ┬0┬

난 녀석이 다가올 때까지 기다리며 주머니를 홀라당 다 뒤집었다. -_-

보라 이거지~!!! 난 당당하다 이거지~!!!

교복치마 양쪽 주머니가 발라당 까져있고 가방을 쭈욱 벌려놓고 기다리고 있는 내 모습이 웃겼는지-_- 녀석은 목이 꺾이도록 젖히고 웃어재낀다. -_-

"푸하하하하… 헉헉… 푸하…."

"됐지? -_- 나 안 훔쳤어. 나 도둑 아냐. -0-"
"야 -_- 농담한 거 가지고… 뭐 그러냐 넌. -_-"
"그런 농담은 앞으로 사양할게. -_- 흥!!"
"알았어알았어. 가자. ^-^ 데려다 줄게."
"필요없어. -_- 너랑 가는 게 더 데인저러스 해. -_-"
"혀 꼬지마. -_- 역겨워."

녀석을 밀어내며 대문을 벗어나려는데 바깥쪽에서 먼저 대문을 당긴다.

누구 왔나부네.

삐걱-

대문이 열리고 인상이 낯이 익으신 중년의 아저씨가 들어오신다.

녀석이 아버지신 거 같은데….

"안녕하세요. (_)"
"넌 누구냐?"
"네. ^^;; 사교 친군데요…."

그리고 뻘쭘해서는 사교를 쳐다봤더니 -_- 놈은 땅바닥만을 응시한 채 침을 떽떽 뱉어대고 있었다. -_-

버르장머리하고는…. -_-^

"여자친구냐?"

“나 그딴 거 없어. 신경쓰지마. 내 일에….”

“이 녀석이….”

“난 누구처럼 여자 안 좋아해. 안 밝혀…. 내 일에 신경꺼…. 야 강아윤 나와….”

“응? 으응… 안녕히 계세요. (_)”

재 왜 저러는거야? -_- 아빠한테 무슨 크나큰 적대심이라도 있는게니 -_-?

“야!! 권사교!! 너 왜 그래 아빠한테.”

“아 씨발. 기분 조지네…. 오늘은 어쩐 일로 집에 쳐들어오셨나…. 훗….”

“야!!-_-!! 입이 쓰레기구나!!!”

“어. 나 밤마다 걸레 물고 자서 입이 쓰레기다. 너 데려다 줄 기분 아니야…. 집에 가라.”

“응 -_-알았어. 변덕쟁이 안뇽. 〉_〈”

난 살벌한 분위기를 타서는 이때다 싶어서 줄행랑을 쳤다.

무서운 놈 -_-;;;

내일부터는 녀석에게 좀 잘 해줘야겠다. -_-; 녀석은 알면 알수록 알 수 없는 정체다.

서둘러 동네에 도착을 하고 아이스크림 두 개를 사서는 유환이네 집으로 갔다.

요새 녀석을 부려먹기만 하고-_- 심심하게 만들어서 좀 미안하긴 하다.

아이스크림으로 위로해 줘야지. -_-;

뚜-뚜-

"여보세요."

"유환아 나야. 〉_〈 너의 베스뜨 뿌렌드 아윤이."

"어 왜. -_- 또 어딘데…? 데릴러 오라고? 오늘은 안 가."

"어우야 아니야!!! 니네 집 앞이야. 〉_〈 아이스크림 먹고 싶으면 1분 내로 나와라~~ 히힛."

"700원짜리 아니면 안 먹어."

"끄응 -_-…."

전화를 끊고 녀석은 30초만에 밖으로 나왔다.

히힛… 지능이 그름 그렇지 내게 저항을 할 리가 없지. 〉_〈

"어쩐 일이야 -_-?"

"우리 유환이 아이스크림 먹일라고 그르지. 〉_〈"

"쳇… 무슨 꿍꿍이야. -_-"

"그런 거 없어. -_-"

녀석의 대문 앞에 나란히 앉아서 아이스크림을 빨았다.

"냠냠 〉_〈 근데 유환아, 사교… 애가 좀 이상해."

"뭐가?"

"응… 바보 같다가… 싸이코 같다가… 정상 같다가…또라이 같다가. -_- 느닷없이 무섭게 변하기도 해…."

"그래? 난 그냥 잼있는 애 같은데."

"그건 니가 잘 몰라서 그래!!"

"넌… 넌 잘 알고?"

"아니. 뭐 그렇다기 보다는… 흠, 암튼 그래…."

"응. 야, 연정이한테 돈 빨리 받아서 거기 그만 가. 그게 뭐냐? 돈땜에…."

"응…. 주겠지…. 연정이가 알아서 주겠지 뭐…."

"병신 -_- 착한거냐 착한 척하는거냐…? 아니면 모자란거냐…."

"병신이라 그런다. -_-!!! 나 집에 갈래. -0-"

"조심해서 가!!!"

녀석은 그러면서 내가 골목을 꺾을 때까지 지켜보며 서있다.

역시 내 친구 유환이는 표현은 저래도 근본은 있는 놈이란 말이지.

뽀에버~!! 프렌드 쉽. 〉_〈

약속!!!-0-!!!!

Lollipop 23

다음날 아침. =_=

거울을 보고는 입에 묻은 아이스크림을 발견했다. -_-

아차차차차 -_- 어제 이빨도 안 닦고 잤구나. ㅜ0ㅜ 오늘은 대신 10분 닦아야지. -_-^

세상사는 다 이런 거란 말이지.

부랴부랴… 학교에 도착을 했고 조금 늦은 탓인지 교실이 거의 만땅으로 차있다.

아침부터 내 자리를 독차지해서 연정이와 수다를 떨고 있는 댄스 놈. -_-

난 어디 앉으란 고니??

"야, 비켜. -_-"

"내 자리 가 있어. 나 연정이랑 단 둘이 할 말 있어."

"무슨 얘기-_-? 나도 들으면 안 될까나? 안 되나요~!!"

"안! 돼! -_-"

"응. -_- 사랑의 만리장성을 쌓으렴."

난 어엿한 내 자리를 두고 앉지도 못한 채-_- 덜렁덜렁 가벼운 가방을 들고는 댄스 놈의 자리로 갔다. -_-

옆자리는 유환이_

"넌 왜 여기앉냐? -_- 워이~!!! 떽~!! 절루 가!!"

"나도 가고싶어. -_- 근데 저놈이 안 비키잖아. -_-"

"훗… 사교한텐 꼼짝도 못하네. 나한테 하듯이 뒤통수 날려."

"안 돼…. 잰 무서워. ㅜ0ㅜ"

"난 만만하고 -_-?"

"살짝쿠웅… 만만해. ㅜ0ㅜ"

"……."

"킁킁 -_- 아, 담배냄새… 너 아침에 담배폈어?"

"어. 모닝담배. -_-"

"아~ 피지마!!!-_-!!!! 냄새나…."

"냄새 나겠지. -_- 안 나면 이상한거지."

"냄새 구질구질구질거려. 우엑… 쏠려…."

"심하냐? 냄새 역겨워?"

"좀 -_- 아오 홀애비 냄새. -_-"

"…-_-…"

내 말이 살짝 가슴에 못이 되어 박히는지 -_- 놈은 킁킁 지 교복에 코를 대고는 냄새를 살펴댄다.

그리곤 이내 _

"야야 남성 호르몬 냄새일 뿐이야. 페로몬이라고도 하지. -_-"

한다. -_-

"근데 유환아…."

"왜."

"사교가 연정이한테 맘이 있나? 있으니까 저러겠지?"

"그렇겠지…. 왜 신경쓰여?"

"내가 신경이 왜 쓰이냐? -_- 그냥 내 자리 뺏으니까 열받아서 그러지…."

"흠…."

아침자습 시간 내내 -_- 댄스는 종알종알 떠들어대고 우리반 공부 벌레들이 힐끗힐끗 눈치를 주는대도 전혀 아랑곳하지 않고 수다질을 멈추지 않았다.

연정이도 그런 사교가 귀여운지 -_-어쩐지 연정이표 특유의 꽃 미소를 날리며 대꾸질을 해준다.

잘 어울리는 한 쌍의 바퀴벌레구나. -_-

1교시 시작 종이 울리고서야 댄스는 저벅저벅 지 자리로 와서 내게 비키라는 뜻의 손가락 까딱거림을 준다. -_-;; 거만하기는….

내 자리로 잽싸 돌아와서 연정이에게 물었다.

"연정아 재가 뭐래 -_-?"

"그냥 -_- 자기 싸움 잘 하고 멋있는 애래."

"푸하하하하… 미친 놈. -_-"

"미친 거 같지는 않아. ^^"

"-_-"

그때 연정이의 전화기가 진동을 하고 연정이는 조용하게 전화를 받았다.

"여보세요."

"네… 오늘 6교시해요…. 네…."

"네. 있다 뵈요…."

하며 끊는다.

"누구야? 남자친구?"

"친구는 아니고 비슷한 거야…."

"응. 우리 연정이는 인기쟁이. 〉_〈"

“훗… 우리 아윤이는 귀염쟁이. 〉_〈”

“-_-”

지겨운 수업시간 내내-_- 난 연정이와 지우개 따먹기를 하며 시간을 때웠고 지우개 따먹기 덕분에 하루가 짧게 느껴졌다. -_-

책상과 의자만 가득한 교실에서 우리가 즐거움을 찾기란 참으로 단순하다. 모든 학용품과 -_- 모든 사물들이 따먹기를 하기에 충분하다. ㅜ0ㅜ

언젠가 힘이 된다면 -_- 책상 따먹기도 한번 해보고 싶다.-_-;

연정이와 지우개 따먹기를 너무 했는가 -_- 오른쪽 팔이 심히 저려온다. -_-^

이제 수업이 끝나면 익숙하게 -_- 댄수 놈 옆으로 콩콩콩 -_- 잘도 다가가는 나다.

“가자 댄수~”

“야 오늘은 니네 집에 가.”

“왜 -_-?”

“그렇게 우리집에 가고 싶냐? 너도 나한테 빠진거야? 아 이놈의 인기 짜증나 뒈지겠네….”

“또라이-_-미친 븅삼-_-”

"뭐 -_-? 한 대 맞을래?"

"아니 -_- 안 맞을래. 근데 오늘 어디 가니?"

"오냐~!! 오늘 데이트 있으시다."

"칫 -_- 누구 만나는데?"

"왜 궁금한데 -_-? 연정이랑 오빠랑 오늘 단 둘이 밀애를 즐기기로 하셨다."

"켁, 연정이랑? 연정인 별말 없든데…. 암튼… 잼나게 데뚜 즐겨라. - -"

난 어쩐지 나의 임무를 빼앗긴 듯한 기분을 느끼며 -_- 나의 한 명 뿐인 친구 -_- 유환이에게 다가갔다.

"야!! 오늘은 내가 놀아줄게. -_-"

"또 시작이네. -_- 왜 사교가 오늘은 니 볼 일 보래냐?"

"응. (_)(--)(_)(--)"

"그럼 뭐야. 난 대타야 -_-?"

"그건 아니지~!!!! 한가한 날 위해 봉사하는 거지. -_-"

"농담도 잘하셔. -_- 암튼 가자. 학교를 빨리 벗어나고 잡다."

"응 가자가자. 유환아, 오늘 간만에 우리 둘이 잘하는 짓 하자. >_<"

"그거?… 간만에 한번 해볼까나?"

"응…. 고고!!!+_+!!!"

유환이와 내가 잘하는 짓… 중 하나. -_-

우린 부랴부랴 백화점으로 향했다.

백화점 지하 1층의 식품코너 _

우린 잘 빠진 이쑤시개 한 놈씩을 준비했고 이곳저곳 종횡무진 활보를 하며 무료 시식대를 다 깔끔하게 비워준다.

옛날엔 이 짓 정말 많이 했는데 유환이와 나도 머리가 크면서부터 조금씩 뜸해졌었다. 그치만 골라 먹는 재미가 있잖아. 〉_〈

"히히힛. 맛있다, 그치?"

"어. 눈치 보여서 더 맛있다. -_-"

"야야. 저기 저 아줌마 아직도 있네. 벌써 3년째야…."

"그러네. 그새 살이 더 찐 거 같다. -_-"

우린 이미 얼굴까지 익혀버린 아줌마들을 걱정해 주며 -_- 새로 나온 쌈박한 음식이 더 없나 두 눈을 굴리며 다녔다.

배도 살살 불러오고 -_- 다리품도 충분히 팔았고 이곳은 더 이상 우리가 있을 곳이 아니다.

"유환아, 가자!!!"

"그래. -_- 아씹… 얼마나 먹었는지 이쑤시개 끝이 동그래졌어. -_-"

"그러게…. 담부턴 음식 좀 살살 찍어. 그게 뭐냐? ㅋㅋ"

"이참에 쇠젓가락 끝을 뽀족하게 갈아서 하나 장만해야겠다."

"그럴까? ㅋㅋㅋ"

-_-V

어느새 백화점을 나와서 달리 갈 곳을 찾지 못하고 방황하는 나와 유환이. -_-

"유환아 우리 노래방 갈까?"

"싫어!! 니 노래 들어야 되잖아. -_- 귀마개 안 가져왔어."

"간만에 그냥 좀 들어줘. -_-"

"잠깐만. 긴장좀 하고. -_- 가자. 지옥속으로…."

그렇다. 나 강아윤은 엄청난 음치다. -_-

유환이의 구박이 정당하다고 느껴질 만큼 다른 사람 앞에서 난 절대 노래를 하지 않는다.

하지만 -_- 유환이는 뭐 하루이틀 본 사이도 아니고 하루이틀 볼 사이도 아니고 그딴 부끄러움이란 단어 잊은 지 오래다. -_-

"밖에서 안 보이는 방으로 드려요?"

"네 -_-?"

"두 분이서… 오셨으니까…."

"무슨 소리를 하시는거예여? 〉_〈 제일 뻥~ 뚫린 방으로 주세여!!!!-_-!!!!!"

이토록 비건전한 노래방이 있다니 -_- 우리가 무슨 여관방이라도 찾아온 것처럼 대우하네.

주인장 아줌씨는 -_- 사상이 음침해 보인다. 아줌마는 우리 말을 싸그리 무시한 채-_- 제일 음침하고도 구석지고도 폐쇄된 곳으로 우리를 인도한다.

괜히 어색해지게 -_- 아줌마 왜 저래….

"아… 방 분위기 왜 이래. -_-"

"그러게… 무슨 노래방 조명이 빨개. -_-"

"너… 다른 새끼랑 이런데 오지마라. -_-"

"왜?? 나 유혹당할까봐?"

"아니-_- 빨간 조명 아래 있으니까 정육점 고기 같잖아."

"웁스 -_- 개늠시끼…."

"하하하하 -_-하하하하하."

내가 노래를 먼저 부를까 녀석은 살짝 겁이 났는지-_- 내 앞에 있던 노래책을 은근슬쩍 멀리 옮겨놓는다.

치사한 놈 왜 저래?-_-

"야!! 나도 노래 할거야."

"해. -_- 대신 마이크 끄고 해."

"아, 가유환 치사한 인간인 거 알았지만 진짜 치사하네."

"응. -_- 난 치사대마왕이닷!!"

"우엑우엑우엑."

결국… 녀석의 선곡이 먼저 되고 _

♩♪안되나요 나를 사랑하면
조금 내 마음을 알아주면 안 되요
아니면 그 사람 사랑하면서 살아가도 되요
내 곁에만 있어준다면

새끼 -_- 알고는 있었지만 노래하난 끝내준다. ㅜ0ㅜ

아… 인정하기 싫지만 놈의 목소리는 -_- 참말로 휘성보다도

성시경보다도 감미롭다. 우아~ 우아~ ㅜ0ㅜ

Lollipop 25

감미감미감미 _

고만해. >_<

이러다가 어이없게 니늠에게 빠져버릴지도 몰라…. ㅜ0ㅜ

노래방만 오면 -_- 놈은 은근슬쩍 내 심장을 파고들며 말도 안 되는 유혹질을 해댄다.

이쯤에서 분위기를 바꿔 줘야지. -_-

♩♪딸기가 좋아좋아좋아좋아>_<

딸기가 좋아좋아좋아좋아>_<

나만의 노래에 심취해서-_- 신명나게 불러재꼈다. -_-

"아~ 고만해. 제발 고만해…. 토 나올 거 같애…. ㅜ0ㅜ"

"귀 쫑긋 세우고 들어!!!!!-_-!!!! 이런 노래 아무데서나 못 들어."

"그래. 죽을 때까지 이딴 식으로 부르는 사람 너 밖에 없을거야."

"히히힛. 나를 강가수라고 불러줘."

"이재수 같애. 우엑우엑우엑."

녀석의 질책 따위는 -_- 뒷전이다. 난 이미 딸기송에 있는 대로 빠져있다 이말이다. ┬0┬

한 시간 반동안 녀석은 이 시대를 풍미한 모든 발라드를 소화시켰고 난 이 시대의 엽기송을 모두 마스터했다. -_-

"이제 가자!!"

"아… 오늘 잠 못 잘 거 같애. 니 노래 내 귓속에 뱄어…."

"-_- 잠 안 오면 전화해. 전화로 불러줄게. -_-"

"제길… 차라리 널 모르고 싶어…."

"말도 안 돼. 거짓말. 히히힛."

내 노래가 그렇게 아니드냐. -_- 언젠간 나도 박정현처럼 신들린 가수가 될터이니 기대하라…. 기대하시라.

노래방을 나와 네온사인의 거리를 걷고 있는데 멀리 댄스와 연정이가 보였다.

"어!!! 유환아, 저기!!!"

"어? 사교네?"

"응… 우와… 재네 사복 입으니까 멋드러진다. -_- 선남 선녀네…."

"그러네…."

난 지금 내 몰골이 연정이와는 너무나 비교되는 듯해서 은근슬쩍 피하고 싶었지만 그쪽도 우릴 발견했는지 반가운 얼굴로 저벅저벅 다가온다…. ㅠ0ㅠ

"어라? 유환쓰~ 아윤쓰~"

"응 -_- 하이."

"니네 여기서 뭐하냐?"

"우리 놀지. -_-"

연정이와 사교 놈은 그 사이 많이 발전을 했는지 팔짱 비슷하게 서로의 팔을 의지하고는 서있다.

스피드맨, 스피드걸이구나….

어쩐지 -_- 우물쭈물 서있는 유환이와 내가 초라하게 느껴지는 순간이다.

이런 기분 참말 재수 없다.-_-

"유환아 가자!!"

"응? 그래."

"잘 놀아. 댄스와 연정아."

"그래. 내일 보자…."

서둘러 그 자릴 벗어났다. 유환이의 옷자락을 질질 끌고는. -_-

"야, 강아윤 너 왜 그러는데?"

"뭐가 -_-?"

"왜 그렇게 서둘르냐고…. 쟤네 둘 보니까 창피해?

"왜 창피해 -_-? 그런 거 아니야…. 가자."

"꼭 도망가는 거 같잖아…."

"그런 거 아니라니깐."

"너 사교 좋아해?"

"뭐?… 뉘집 개가 짖네. -_- 그딴 거 아니야!!"

"왜 오바해. -_- 아님 말고…."

무슨 말도 안 되는 소리야. -_-

내가 저런 싸이코를 뭐? 뭐가 어째 -_-?

그나저나 저렇게 둘이 될 바에는 그냥 돈 얘기하고 난 이쯤에서 정말 빠질까나?

나름대로 고민이 된다.

연정이의 사정상 비밀로 해야 하는데 둘이 사귄다면 꼭 그럴 필요는 없잖아?

집으로 가는 내내 난 이런저런 생각으로 혼자 고민을 했고 그런 내가 이상한 지 유환이는 눈치를 살살 살피며-_- 담배질만 계속 해댄다.

"담배 고만 펴. -_-"

"왜?"

"냄새 나잖아!! 홀애비 냄새 같애서 싫어."

"그럼 숨 쉬지마. -_- 왜 나한테 화풀인데?"

"내가 무슨 화풀이를 해? 누가 나 화났대? 누가 그래!! 며느리가 그래? 할아범이 그래?"

"짜증나. 가…."

"왜 이래. -_- 왜 화를 내고 그래…?"

어이없게 -_-난 엉뚱한 유환이에게 화를 내고 집으로 향했다.

집으로 오자마자 씻고 침대에 누웠다.

자꾸만 생각나는 아까의 상황_

팔짱을 낀 댄수와 연정이, 그 옆에 뻘쭘하게 서있던 우리 둘 _

마치 복잡한 듯한 관계 그딴 거 아무 것도 없는데. -_-

나만 왜 이러는거야…. 몰라!! 잠이나 자자. -_-

ZzzzzZzzzzzZZzzzz

바로 골아떨어진 내가 자면서도 한심하게 느껴진다. -_-

Lollipop 26

너무 일찍 잠든 탓일까. =_= 새벽4시경에 눈이 살짝 떠졌다.

눈을 뜨자마자 밀려오는 배고픔. -_-^

[생생 우동]을 먹어줄까나 [생생 짬뽕]을 먹어줄까나.

아… 참으로 어려운 고민거리다. ㅠ0ㅠ

어두운 주방으로 더듬더듬 찾아가서는 가스불을 켜놓고 물이 끓을 때까지 식탁에 앉아 기다린다.

흠… 흠 -_-…

가만히 반짝이는 가스불을 보며 꾸역꾸역 떠오르는 기억들 _

귀신의 집에서 눈물을 흘리던 이상한 댄스 놈의 정체. -_-

댄스, 연정이… 의 팔짱 낀 모습 _

병원에 입원한 동생을 위해 간호를 하는… 연정이 _

좋은 차에서 내리며 돈을 받던 연정이….

아~ 복잡해…. ㅜ0ㅜ

이것저것… 하나도 추리 불가능한 현실들. -_-

젓가락을 멍하니 물고 있던 나는 갑자기 복잡한 생각들로 -_- 입맛이 싸그리 사그라들었다.

힘없이 가스불을 다시 끄고는 침대에 파고 들었다.

아침에 학교에 가기 전까지 침대에서 이리 뒹굴 저리 뒹굴 굴러 다니기만 하다가 교복을 차려입고 학교로 향했다.

"어!! 아윤아!! 눈이 왜 그래-_-?"

"어? 왜?"

"붕어 같애…. 어디 아파?"

"아뉘. -_- 아침에 일찍 일어나서 그래."

"일찍 일어나면 그렇게 돼? 참참. 아윤아 일루와 봐."

연정이는 교실 뒷문을 열고 들어 서자마자 날 끌고는 자리에 앉힌다.

그리고 내게 건네는 하얀봉투 _

"이거…!!"

"이게 뭐야?"

"돈. ^-^ 그때 빌려준 거…."

"어…? 왜 벌써 줘…?"

"응… 갑자기 돈이 생겼어. ^-^ 고맙게 소중히 잘 썼어…. 내가 나중에 니가 준 감사함 열 배로 백 배로 갚을게. ^^"

"아냐…. 암튼 잘 받을게. ^^"

"야야. 내가 빌린건데 니가 왜~~ 아우… 우리 아윤이 얼굴 못 봐주겠다. 〉_〈 좀 자…."

"응. =_="

이 돈을 왜 벌써 주지…. 갚을라면 오랜 시간이 걸릴 것 같았는데…. 적금 같은 거라도 해약했나???

암튼 -_- 이 돈을 보니 이제 난 자유인이라는 생각에 몸이 한결 기벼워졌다.

잠이나 잘까??

얼굴밑에 봉투를 깔고 (행여나 잃어 벌릴까봐-_-) 잠이 들었다.

쿠아-ㅇ-…… 쿠아-ㅇ-

얼마의 시간이 흘렀을까. -_-

엎드린 채로 눈을 살짝 떴더니 내 앞으로 유환이의 얼굴이 최고로 가까이 붙은 채로 놈은 나와 마주보고 앉아있다. -_-

"아씨!! 깜짝이야, 너 뭐야. -_-"

"나 유환이. -_-"

"누가 여기 앉으래. -_- 니 자리로 가!!"

"내 자리에 연정이 앉아 있는데 -_-?"

"이젠 연정이가 가는거야 -_-? 제길 우리 무슨 들러리냐!!!"

"그런가. -_-a 암튼 나도 니 옆에 앉기 싫으니까 그냥 마저 자."

"알았어…. 너 얼굴 돌려. -_-"

"응."

착하기도 하여라. -_- 말도 잘 들어먹는구나.

유환이는 내 말이 끝나기가 무섭게 얼굴을 싹 돌리고는 -_-반대쪽을 향해선 잠을 청한다.

새끼… 뒤통수 이뿌네. -_-

어랏?? 쌍가마잖아. 꼴에 장가 두 번 가려나. -_-

누군지… 니 부인 될 사람 열라 불쌍하다. ㅠ0ㅠ

그렇게 한두 시간 더 잠이 들었을랑가. -_- 일어나보니 ㅠ0ㅠ 연정이가 건네준 돈 봉투가 침에 쩔어서 ㅠ0ㅠ 흠뻑 젖어있었다.

으악… 제길…. ㅜ0ㅜ

오늘 바로 줘버리고 -_- 놈의 집에 이제 안 가려고 했는데 말려서 이뿌장하게 돈 세탁 하려면 -_- 하루는 더 있어야겠다.

젖어서-_- 물이 찍찍 나오는 돈봉투를 가방에 넣고는 아직도 자고 있는 유환이의 머리끄댕이를 잡고 깨웠다. -_-

"야 일어나."

"아, 놔. -_-"

"너 니자리로 가고 연정이 오라고 해."

"그냥 앉어 귀찮아. -_-"

"가!!-_-!! 연정이한테 말할 게 있어."

"뭔데 -_- 나한테 말해. -_-"

"됐어. 빨리…."

"아 뭔데~!!"

"진짜 말해 -_-?"

"말해. -_-"

"그럼 말한다. 유환아 너 생리대 있으면 하나만 빌려줘. -_-"

"……. -_-"

놈은 -_- 참으로 순진하게도 생리대란 단어에 온통 머리끝부터 발끝까지 씨뻘개져선-_- 덜렁 일어나 연정이에게 달려갔다.

으흐흐흐 _- 귀여운 놈….

Lollipop 27

수업이 다 끝나고 젓은 돈을 그냥 주고-_- 깨끗히 집으로 향할까나, 아니면 오늘 말리고-_- 내일 줄까나 고민이 되기 시작했다.

그 사이 댄스가 다가왔고_

"왜 그러고 앉았냐? -_- 빨리 가자."

"잠깐 생각 좀 해 보고. -_-"

"뭔 생각?"

"중요한 생각. -_- 근데 댄스!"

"어?"

"오늘은 연정이랑 안 가 -_-?"

"어째 당신의 말투에서 비꼼이 느껴지는군요. -_- 흠… 사랑은 말이다… 오빠의 사랑학개론을 한 번 들어볼래? ^^ 사랑은 말이야 -_- 밀고 당기기가 필요한거야…. 오빠가 계속 밀면 그쪽에선 계속 당겨지겠지? 그럼 재미 없잖아. -_- 안 그래? 알아 들었어?"

"개뿔. -_-"

"다시 얘기해? 사랑은 말이지…."

"사랑 좋아하네. -_- 벌써 사랑이라고 말하긴 좀 이른감이 있지 않뉘 -_-?"

"요즘은 스피드 시대야. -_- 메가패스보다도 빠른 게 요즘 사랑법이란 말이지. 알겠니?"

"꾸엑. -_-"

교실 뒤에서 놈과 -_- 되도않는 사랑에 대해 얘기를 하고 있는데 -_- 헐레벌떡 뛰어들어오는 유환이를 발견할 수 있었다.

"유환아 너 집에 안 갔어-_-?"

"뭐 놓고 와서 다시 왔어."

"아 그래. -_- 그럼 잘 찾아가렴. 가자 댄스. -_-"

"야야, 잠깐. 니 가방에 개똥벌레 붙었다."

"헉, 개똥벌레? 어디어디 그건 어케 생겨먹은 벌레니…? ㅠ0ㅠ"

"너처럼 생겨먹었어. -_- 가방 줘봐. 내가 떼줄게."

"그래그래. ㅠ0ㅠ 깔끔하게 떼. 또 손바닥으로 쳐서 물 나오게 압축시키지 말고. ㅜ0ㅜ"

놈에게 가방을 잠시 맡긴 후 -_- 깨끗하게 처리되길 기다릴 동안 비위가 약해 빠진 나는 -_- 화장실에 다녀왔다.

"유환아 다 됐어?"

"어 -_- …."

놈에게 가방을 건네받고 댄스와 교실을 나섰다.

"어?… 빗방울 떨어진다…."

"제길-_- 진짜네…. 니 침이 떨어지는 주 알았는데. -_-"

"내가 애자야!!-_-!!!"

"아니 -_- 다운증후군."

건물을 나서는데 굵은 빗방울이 뚝뚝 떨어지기 시작했다. 교문 앞에 있는 차로 가기 위해-_- 우린 서로 친구란 사실을 망각한 채 서로의 몸 피신을 위해 -_-모른 채 뛰었다.

헉헉…. ㅠ0ㅠ

점심 먹은 지도 꽤 됐는데 왜 이렇게 옆구리가 땡기는겨….

맹장인가 ㅜ0ㅜ?

"댄스, 맹장이 어느 쪽이지?ㅠ0ㅠ 왼쪽인가? 오른쪽인가?"

"가운데. -_-"

"-_-"

참는 자에게 복이 있나니. -0-

놈의 집에 도착 하자마자 손수건을 꺼내기 위해 가방 지퍼를 쭈욱 열었다.

바시락바시락

어-_-? 이게 뭐야? 정체 불명의 검정봉다리 _

검정봉다리를 슬쩍-_- 열어봤더니 _

오우!! 마이갓드….

그 이름도 이뻐장한 -_-

'WHITE'

이게 어서났지? 어서 굴러 들어온 거양? 그리고 스치는 아까의 기억. -_-

"진짜 말해 -_-?"

"말해. -_-"

"그럼 말한다. 유환아 너 생리대 있으면 하나만 빌려줘. -_-"

132

"…… -_-"

아 -_- 귀여운 놈 _

농담삼아 한 말이었는데 고새 이걸 사다가 가방에 넣었구나.

ㅜ0ㅜ

감동반 -_- 어이없음 반-_-

내가 그게 없어서 쩔쩔매는 걸로 착각을 하고도 남았음 직한 유환이는 -_- 아까 벌레 잡아준다고 하고선 이걸 이뻐장하게도 넣어놨는갑다.

귀연 놈. ㅠ0ㅠ 이 누나는 니가 참으로 믿음직스럽고 고맙지만 한편으론 부끄럽기 그지없구나. ㅜ0ㅜ

"뭐해 -_-?"

"어? 아냐아냐."

서둘러 가방을 챙기고 거실로 나와 녀석이 전에 나만 빼고 해서 무척이나 하고 싶었던 부르마블을 펼쳤다. -_-

어찌나 하고 싶었던지 ┬0┬ 보는 순간 심장이 덜컹덜컹 떨어온다.

넘의 어머니는 주무시는 바람에 -_- 파출부 아주머니와 놈과 나… 셋이 게임에 몸을 담았다.

아주머니 가르쳐 드리느냐고 -_- 1시간이나 걸렸다.

실찍 진 빠지네. -_-

그러나!! 버뜨!!-_-!!

선무당이 사람을 잡는다고 아주머니는-_- 무신 복부인 마냥 호텔, 모텔, 빌딩을 수없이 많은 땅에 지으시고 -_- 넘과 나는 계속되는 파산으로 허우적댔다.

All IN.

아… 피곤해. -_-

Lollipop 28

부르마블에 내 몸의 온갖 정열과 사랑을 담았건만 ㅠ0ㅠ 결과는 빚만 지고 파산 _

"야~ 10시 넘었다. -_- 너 안 가냐?"

"헉. 정말? +_+ 가야지가야지. >_<"

"비오는데… 우산 가져가…."

"응. 내일 줄게. ^-^"

"야 아니다. -_- 밤도 어두운데 데려다 줄게. 기다려."

"어… 괜찮은데…."

"기다리라면 기다려. -_-"

"응. =_="

잠시 후 -_- 녀석은 커다란 파라솔 우산을 한 개 들고는 컴백했다. 참으로 큰 우산이네….

"비가 생각보다 많이 오네."

"그러네. -_-"

뻘쭘하게 한 우산속으로 들어가 있는 게 영… 그런지 녀석은 담배를 입에 물고 지지직… 피기 시작한다. -_-

"아… 왜 이렇게 담배들을 피는 지 모르겠어. -_-"

"훗…. 멋있어 보이잖아."

"멋있긴. -_- 냄새 나고 몸에도 안 좋은데…."

"아윤아? 오빠가 피는 건 담배가 아니고 인생이란다. ㅋㅋㅋ"

"꾸엑. -_-"

우산이 워낙 크기도 하지만 -_- 넘에게 바짝 붙어 있기는 민망했던지라 살짝 떨어져서 걸었더니 오른쪽 어깨에 비가 심하게 들이친다.

"너 다 젖잖아. 좀 붙어봐."

"괜찮아. -_-"

"너 내외하냐…? 훗… 그런 거 안 해도 되니까 바짝 붙어."

"알았어. -_-"

"너무 붙진 말고…. ㅋㅋ"

"-_-"

녀석은 의외로 친절하게 -_- 우리집 앞까지 날 데려다 주려는 갑다.

"다왔어. 고맙다 댄스. -_- 잘 가."

"그래. 내일 보자꾸나."

"참… 댄스야…. 돈 있잖아… 내일 줄게…. 니네 집에 내일부터 안 가도 될거 같애. ^^"

"…그래?…"

"응. ^-^"

"좀 더 있다 주지?"

"싫어. -_-"

"나 집에 가면 심심한데 -_- 천천히 줘도 돼."

"내일 꼭 줄게. -_- 안녕 댄스."

집으로 오자마자 샤워를 하고는 침대에 누웠다.

요새는 하루가 너무 짧네. 내일부턴 다시 자유의 몸이 되니 하루가 길어지겠구나. -_-

시원해야 하는데 -_- 은근슬쩍 아쉬움이 드는 건 무슨 심보야.

머리위에 있는 핸폰을 열고는 유환이에게 문자를 날렸다.

[유환아 >_< 뭐해? 자? 그리고 오늘 그거 고마웠다. -_-]

[너 땜에 자다 깼잖아. -_- 잠이나 자.]

[응. -_-; 잘 자.]

잠을 청하려 두 눈을 꼬옥 감고는 상상의 나래를 펼쳐보았다.

그걸 사러 슈퍼에 들어간 유환이. -_-

어떻게 샀을까나? ㅋㅋㅋㅋ

아… 생각만 해도 부끄러워진다. -_-;

아침에 일어나자마자 가방에 넣어두었던 돈을 꺼냈다.

다 말랐구나…. 군데군데 -_- 얼룩이 좀 부끄럽지만 그럴싸하긴하네. 돈은 돈인갑다….

서둘러 학교로 향하고 있는데 제길-_- 선도부며 학생주임이며 오늘 무슨 바람이 불었는지 교문 앞에 좌악 깔렸다. 오늘 명찰도 없고 -_- 양말도 규칙에 어긋나는 색인데 _

어쩌나… 어쩐다나…. ㅠ0ㅠ 걸리면 꼼짝없이 운동장 10바퀸데….

교문 앞에는 나 말고도-_- 불안해하며 들어서지 못하는 학생들이 많이 있었다.

서로의 눈치를 보며 니가 먼저 가, 니가 먼저 가 라고 말하고 있는 것처럼 느껴진다.

이리저리 고민을 하다가 유환이에게 전화를 걸었다.

"여보세여. -0-"

"유환아, 교실이야?"

"어."

"나 어떡해. 명찰도 없고 양말도 검은색인데 ㅠ0ㅠ 학주떴어."

"어쩌라고? -_-"

"몰라. 어떡해…. ㅠ0ㅠ"

"짜증나. -_- 기다려봐."

"응응."

잠시 후-_-

유환이는 교문에서 멀리 떨어진 담장으로 날 불렀다.

가보니 역시!! 해결사 유환이 ㅠ0ㅠ

손수 -_- 손으로 이뻐장하게 글씨를 써서 위장할 수 있는 명찰을 만들었고 지 양말인지-_- 한 번 신었다 벗은 듯한 느낌이 나는 하얀색 커다란 양말을 건넨다.

썩 신고 싶은 마음은 없지만 지금은 지푸라기라도 잡아야지.

-_-^

무사히 교문을 통과해서는 마구마구 유환이에게 달려갔다.

"유환아!!!!! 고마워. ㅠ0ㅠ 고마워고마워."

"-_-^ 좀 잘하고 다녀!!! 사람 귀찮게 하지 말고."

"알았어. ㅠ0ㅠ 고마워고마워."

"…-_-^…"

요새 이 녀석에게 참으로 신세를 많이 지네…. 예전엔 도움이라곤 찾아볼 수 없는 꼬마였는데-_- 갈수록 듬직해지는 게 내 머슴으로 삼았으면 딱 좋겠다.

"유환아!!>_<!! 너 평생 내 친구해 줘 알았지? 히힛."

"평생 니 뒤치닥거리 하라고 -_-?"

"아니. >_< 친구친구."

"생각 좀 해보고."

"왜 싫어 -_-? 내가 귀찮은 게냐!!"

"친구… 하면 평생 니 옆에 있을 수 있는거냐?"

"그렇지. -_- 근데 무슨 말이야? 친구 아니면 우리가 뭐 할 거 있어 -_-? 애인이라도 하리?"

"훗… 웃기지?"

"응. -_-"

아우~ >_<

생각만 해도 소름 끼치네. ㅋㅋ

이놈과 애인이 된다고 잠시나마 어의 없는 상상을 해봤다. -_- 애인이면 뽀뽀도 해야 하잖아. ㅋㅋㅋ 말도 안 돼.

우이~ 징그러워. -_-;;

Lollipop 29

주섬주섬 가방에서 돈 봉투를 꺼내선 댄스에게 다가갔다.

"댄스, 잘 썼어. 고마워."

"진짜 주는 거야? 받을 생각 없었는데. -_-"

"칫, 갑부라고 자랑하냐? 이 큰 돈을… -_- 가져가져가져. 고마웠어. 그럼 오늘부터 난 자유지? 히힛."

"가끔 심심하면 놀러와라…. 우리 엄마가 너 좋아하셔."

"응…. 아 이놈의 인기. ㅋㅋㅋ"

"꺼져."

"응. =_="

자리로 돌아와서는 연습장을 펼쳤다.

흠 -_- 다들 책상에서 뭘 하는걸까? 이리저리 둘러봤다. 다른 애들은 뭘 할까?

음 =_= 수다떠는 애들, 문자 보내는 애들, 지우개 따먹기 하는 애들_

다들 나름대로 바쁘구나. -_-;

연정이는 어제 뭘했길래-_- 아침부터 이리 곤히 자는 걸까나….

"연정아, 자?"

"응 =_=? 아니 잠 청하고 있어."

"어제 뭘했길래… 피곤해 보인다."

"어제 밤새 병원에 있었어. 동생 내일 퇴원한다. ^^"

"하핫… 그래? 축하해축하해. >_<"

"응. 고마워…. 참, 아윤아… 있잖아."

"응?"

"참!! 나… 있잖아… 사교랑 사귈까?"

"댄스?… 왜…? 사귀자구 하든?"

"응…. 비슷해."

"너 남자친구 있잖아? 깨졌어?"

"그냥… 사귀다가 사교가 더 나면 -_- 그쪽 정리하지 뭐…."

"와 -_- 대단하구나~!!!"

도대체 -_- 이 아이와 나의 차이점이 무엇이길래 이 아인 이리도 인기가 많고 난 이리도-_- 지지리 궁상일까. ㅠ0ㅠ

어쩐지 우울해진다. 어흑….

우리 엄마, 아빠는 어찌 일을 쳤길래 -_- 날 이리도 못나게 낳아주셨을까나…. ㅠ0ㅠ

수능 보고 졸업 하자마자 -_- 얼굴 공사를 대대적으로 해야겠다. 우씨~ -0-

참참 -0- 아침에 유환이가 준 양말을 아직까지 신고 있었구나.

살짝 녀석의 발을 봤더니-_- 맨발이다. 웁스….

역시 저놈의 양말이 맞았어. -_-

불결한 이 느낌. 냄새가 스물스물 올라오는 것 같구나. -0-

난 낼름 양말을 벗어서 유환이에게 전달을 시켰다. 전달시키는 중간에 앉아있는 애들의 표정이 장난 아니다. ㅋㅋㅋ

더럽기도 하겠지. >_< 두 명이 신었던 양말인데_

양말을 받은 유환이 -_-

새끼 손가락으로 턱하니 들어선 쓰레기통에 바로 골인 시킨다.

우씨 -_- 아침에 발 닦았는데….

체육시간이 왔다.

서둘러 체육복으로 갈아입고 밖으로 나갔다.

오늘은 살인피구를 한댄다. -0- 통키처럼 불꽃 슛을 쏴야하는데. ^o^…

참, 통키도 완벽한 슛터는 아니다. ;;; 통키는 하루에 한 개의 불꽃 슛만 쏠 수 있다. ㅋㅋ

두 개 쏘면 쓰러지잖아.

홀수, 짝수로 나눠서 하는데 우리팀에 댄스가 있고 상대편에 유환이와 연정이가 있다.

남자애들이랑 함께 하자니 무서워서 오금이 저린다.

"꺄악>_< 무서워무서워무서워."

"호들갑은. -_-"

난 댄스 옆에 딱 붙어서는 -_- 이리저리 소리를 지르며 공을 피해다닌다.

새끼 -_- 은근히 남자라고 믿음직스럽네. ㅋㅋ

공을 잡은 유환이 _ 살인적인 웃음을 지으며 날 지그시 바라본다.

날 날려버릴 생각이니? 〉_〈

으악… 제발제발… 꺄악!!!!-0-!!!!

공이 미친 듯이 회전을 하며 날라오고 난 뻔히 날아오는 공을 보면서도 순간 마비가 된 듯 꼼짝도 못하며 서있었다.

휘릭-0-

한순간에 온 몸을 날리며 내 앞으로 오는 공을 받아낸 댄스 _

우와우와우와^0^

"댄스 짱!!!〉_〈!!!"

"가만히 서있으면 어떻게 해. -_- 유환아 공이 꽤 쎄다. ㅋㅋㅋ 애 죽일 일 있냐?"

"훗…."

감정이 실린 듯 -_- 계속되는 유환이의 공격과 계속되는 받음질의 댄스 _

이 순간이야 말로 두 녀석의 전성기라고 할 수가 있다.

첨엔 -_- 장난인 듯 싶었던 경기가 막판엔 전쟁을 연상시키리만큼 잔인해져 간다.

니네 둘 다 왜 그러니?

출랑거리고 피해 다니던 내가 발을 맞으면서 우리의 패로 게임은 끝났다.

"가유환 -_- 너 왜 그르냐. 무서워서 죽는 줄 알았어. 〉_〈"

"훗… 이제 좀 시원하네. -_-"

"뭐가 -_-?"

"마음이 졸라 복잡했는데 이제 좀 진정됐어."

"뭐라는거야. -_- 암튼 넌 재수없어. ㅠ0ㅠ"

"^^"

생과 사의 경계선을 넘나들던 체육시간이 끝나고 수돗가로 가서 세수를 했다.

갑자기 쏟아지는 물벼락 -_-

우엑… 뭐야. 누구야?

"하하하하… 물에 빠진 강아지 됐네. 강아윤."

"댄스 -_- 옷 다 젖잖아!!"

"대신 시원하잖아. -_-"

"아… 다 재수 없어. ㅠ0ㅠ"

오기하면 또 강아윤 -_- 단념하는 척 하다가 수도꼭지를 들고 돌아서는 댄스에게 복수를 했다. ㅋㅋㅋㅋㅋㅋㅋ

한순간에 쌩쥐가 된 댄스 -_-

내 마음까지 시원하구나. -0-

아웅다웅 댄스와 물싸움을 하고 있는데 지나가며 중얼거리는 유환이의 중얼거림_

"강아윤… 인내심 시험 하지마…."

엥-_-? 뭐래?

잡아놓고 무슨 소리냐고 다그치고 싶었지만 -_- 우선은 물싸움

이 급하닷. -0-

"댄스… 거기 섯!!"

Lollipop 30

수업이 다 끝나고 이제 자유인이 되어버린 나는 당연스레 유환이 옆으로 슬금슬금 다가갔다.

"집에 가자 유환아. -0-"

"나 오늘 어디 가. 너 먼저 가."

"나 혼자 가라고? 어디 가는데!!"

"너한테 일일히 말 해야하냐?"

"헉-_- 너 왜 그래. 양말 땜에 삐졌냐?"

"훗. 내가 그딴 거로 삐질 거 같냐?"

"그럼 말투가 왜 그런데!! 뭔가 불만스럽잖아 지금."

"됐어. 그런 거 없어…. 잘 가라."

"-_-;;"

제길-_- 난 외톨이구나.

그동안 내가 댄스네 집에 갔을 때 유환이도 이런 느낌이었을까나…. ㅠ0ㅠ

정말 오랫만에 혼자 가는 하교길 _

이리저리 두리번거리며 왕따의 전형을 보여주는 나다. 손가락으

로 벽을 긁으며 가볼까나? 그럼 더더욱 불쌍해지겠지.-_-

은근히 혼자임을 만끽하는 나… 참으로 변태스럽다.

집에 도착을 했는데 -0-

오우 마이갓뜨!!! 열쇠가 없다. -_- 엄마도 없고 아빠도 없고… 어딜 가야하나. ㅠ0ㅠ

피씨방을 갈까나? 젠장 돈이 없구나. -_-

터덜터덜 난 -_- 익숙하게 유환이네 집으로 향하고 있었다.

아줌마는 분명히 계실거야. 〉_〈

'띵동~띵동~'

"누구세요?"

"아줌마, 저 아윤이에요. ㅠ0ㅠ"

"어? 아윤이가 어쩐 일이니? 암튼 들어와라."

"아줌마, 열쇠가 없어서요…."

"그래… 우리집에 있다가 가. 근데 유환이는?"

"저 버리고-_- 여자 만나러 간대요."

"그래? 우리 유환이 여자라곤 너밖에 모르는데… 별일이네."

"아줌마, 저 유환이한테 여자 아니에요. ㅋㅋ 그냥 친구지요."

"그래. ^^ 아무튼 편히 놀다가 가렴. 아줌마 있다가 잠깐 나가봐야 하는데… 괜찮지?"

"네네. ^-^"

남의 집에서 -_- 주인 인냥 아줌마를 배웅해 드리고는 집에 덩그러니 혼자 남겨졌다.

뭘 할까나. -0-

살짝 유환이 놈의 방문을 열고 들어갔다.

우크-_- 드러워라. ;;;;

이리저리 헝클어진 넘의 옷과 책들 _

도통 책상과 침대를 구분할 수가 없구나. -_-;;

녀석의 컴퓨터를 켰다.

바탕화면의 아이콘은 딱 3개다. -_-

인터넷/ 내컴퓨터/휴지통

깔끔하기도 하구나. -0-

난 아이콘으로 화면을 온통 다 채웠는데 ㅋㅋ 참으로 비교되네.

이리저리-_- 뒤져봐도 볼만한 게 하나도 없네.

곰새 흥미를 잃고는 컴퓨터를 끄고 놈의 침대에 몸을 날렸다.

아 -_- 편하네….

베개에서 늘상 녀석에게 풍기던 애기 비누냄새가 살짝 난다. 나이가 몇 살인데 아직도 애기비누를 쓰는거야. -0-

스르륵….

여기 우리집 아닌데… -_- 잠들면 안 되는데….

ZzzzzZzzz

“야 -_- 일어나.”

“음냐 =_= 뭐야….”

“누가 내 침대에 누우래 엉?”

“어?? 유환아. 〉_〈”

“이거 참 배짱 좋네.-_- 남의 침대에서 그것도 아무도 없는 집에서 어떻게 잠을 자냐?”

“히힛. 니가 어떻게 남이야. 〉_〈”

“일어나. 니네 집에 가.”

“나 열쇠 없단 말이야. 지금 온 거야?”

“어.”

“왜케 일찍왔어. 여자가 맘에 안 들었어?”

“만나러 가다가… 그냥 왔어.”

“왜?…”

“그냥… 안 땡겨서. -_-”

“우이구… 만나는 보지…. 바보.”

“훗… 밥 먹었냐? 밥 먹자 일어나.”

“응…. 〉_〈”

녀석은 부엌으로 가서 무언갈 쿵쾅쿵쾅 하더니 맛드러진 볶음밥을 내온다.

우와우와 〉_〈 이 요리사쟁이!!!

숨도 안 쉬고 허기진 배를 붙자고는 단숨에 삼켜버린다. ㅋㅋ

“유환아… 넌 최고야최고. 〉_〈 맛있다.”

"흣… 장가가면 사랑 받겠지?"

"응. -_-"

"아… 난 일등 신랑감이야."

"일등 신랑감이면 뭐하냐. 여자가 없는데…. ㅋㅋ"

"있어."

"정말? 어디?"

"내 마음속에."

"피이- 그게 뭐야."

밥을 다 먹고 예의상 설거지를 해줘야 겠다는 굳은 결심을 하고는 고무장갑을 꼈다.

당연한 듯 미소를 보이는 놈. -_-

밥 먹었으면 밥 값을 하라는 얘기겠지…. 하마!!! 해주마!!-_-!!!

녀석은 웃통을 훌러덩 벗더니 샤워를 할 참인지 왔다갔다 한다.

아~ 뭐야. -_- 근육도 없는 게 왜 설쳐댄대. -_- 하면서 계속 놈의 갑바를 살펴댔다. ㅋㅋㅋ

"뭐야 -_- 왜 쳐다봐. 변녀."

"볼 것도 없는데 뭐!!!-_-!!!!"

"볼 거 졸라 많아. -_- 보지마."

"알았어. -_- 보래도 안봐…. 매력 옴팡지 게 없는 갑바인 걸. ㅋㅋ"

"씹. -_-"

충격을 먹었는 지 낼름 화장실로 들어가는 유환이_

내가 좀 심했나? 그치만 니늠의 갑바는 참말로 평평하단 말이지. -_-

완전 평면-0-

설거지를 다 하고는 거실로 나오는데 놈도 샤워를 다 마쳤는지 물을 살짝씩 떨어뜨리며 나온다.

그나마 물에 젖으니 조금 섹시하구나!!

"유환아. -_-"

"어?"

"너 짝가슴이지?"

"-_- 뭐?"

"오른쪽 가슴이 더 큰 거 같애."

"디질래? 내가 여자냐!!!!-_-!!!!!"

"맞는데. -_-"

Lollipop 31

유환이와 거실에 앉아서 티비 채널을 돌려대며 놈은 축구를 본다고 우김질을 하고 난 드라마를 본다고 우김질을 한다.

그때 엄마에게서 집에 도착했다고 전화가 왔다. -_-

"칫 -_- 치사해!! 축구나 많이 봐라. -_- 우리 엄마왔대. 나 갈꾸야!!"

"잘 가."

"어우어우어우 재수 없어."

"알잖아. 나 원래 재수 없어. -_-"

"너 갈수록 왜 그냐!!-_-!!"

"내가 뭐?"

"관둬. -_- 나 갈꾸야."

주섬주섬 가방을 챙겨들고 넘의 집을 나섰다.

어랏 -_-? 나 안 데려다 줄랑가나? ㅋㅋ 이 시간에 어여쁜 고교생이 혼자 집에 간다는데 참말 안 데려다 줄 샘인지 놈의 축구경기 볼륨이 더 커져만 간다.

"유환아 나 안 데려다 줘-_-?"

"엎어져 봐. 코 앞에 집일거다."

"-_- 지금 11시야…."

"대낮이네."

"우씨. -_-"

흥~!! 소리를 내며 녀석의 집 현관문을 박차고 나왔다.

아… 생각해보니 괘씸하네. -_-

난 다시 현관문을 열고 녀석에게 다가갔다. 그리고-_- 넘의 등에 업혀버렸다.

"야!! 출발!!!"

"뭐야. -_-"

"우리 말타기 놀이 하자. -_- 니가 말-_- 내가 말 주인."

"웃기고 있네. 내려와."

"이렇게 업고-_- 우리집까지 모셔다 줘."

"됐어. 내려."

"시로-_-시로-_-"

"아 짜증나. -_-"

"출발-0-!!"

내가 정말 내려올 생각이 없는 걸 놈은 심적으로 깊히 느껴버렸는지 버쩍 일어나서 신발을 신는다.

물론 지금 난 놈의 등에 붙어있는 상태다.

"히히히힛 〉_〈 으랴~~ 말아 달려라~~"

"아 가만히 있어!! 힘들어."

"히히히힛 〉_〈 유환아… 난 니가 이 세상에서 젤루 좋아."

"……."

"일케 업어서 집에 데려다 주는 사람이 세상에 너 말고 또 어딨겠어. 〉_〈"

"너 같은 애도 없을 거야. -_-"

"혹시 지나가다가 너 같은 애 발견하면 나한테 소개 시켜줘. 〉_〈 그 사람한테 시집 갈거야."

"나 같은 애 -_-?"

"응응!!! 너 같은 애. 〉_〈"

"나도 아니고-_- 나 같은 애?"

"그래~!! 너 같은 애. ^o^ 넌… 안 돼. 왜냐면 -_- 음… 왜냐면…이유는 없어. 그냥 넌 안 돼."

"……."

넘의 등은 넓고도 따뜻하다. 전생에서도 전전생에서도 알고 지낸 사람처럼 편안함, 포근함 _

그것만으로도 넘에 대한 모든 것이 표현될 만큼 넘은 따스하다.

"유환아 있잖아. 우리 30살까지-_- 둘다 시집 장가 못 가면 그냥 우리 둘이 결혼하자. ㅋㅋ"

"-_- 빨리 장가 가야겠다."

"칫 -_- 나도 30까지 안 할 일은 없을거야. 나 같이 귀여운 애를 누가 가만히 두겠니?"

"씹-_- 난 20살에 장가 갈거다."

"그래그래. -_- 나 아까 한 말 취소야."

"훗… 야 근데 너 죽을래 -_-?"

"응? 왜?"

"왜 징그럽게 귀에다 대고 말하고 그래 엉? 니 침 내 귀에 다 튀잖아!!"

"아아… 미안. -_-"

"말 하지마.-_-"

"알았어…. 지랄맨. -_-"

우리집 앞에 도착을 하고 넘은 두 손에 쥐고 있던 내 신발을 바닥에 내려주고 신으라 한다.

착지~!!>_<

"다 왔다. 히히힛… 고마워. 말 놀이 해줘서. -_-"

"그래… 나 간다."

"응응. 〉_〈"

"야 참!! 나 30살까지 진짜 장가 안 갈 수도 있으니까 우리 아까 그 약속 33으로 바꾸자.-_-"

"알았어. -_-"

쫌생이 같은 놈. -_-

역시 넌은 숫자에 민감하다. 특히 단무지 숫자에 젤로 민감하다. -_-;

넘은-_- 내 머리를 부시시 헝클어 놓고는 발로 엉덩이를 까버리며 내가 어서 들어가기를 원한다.

간다간다 새꺄 -0-

대문을 쾅~!!! 하고 닫아버렸다. ㅋㅋ

집으로 들어와서는 열쇠도 안 주고 놀러갔던 엄마, 아빠께 한바탕 랄지를 펴주곤 방으로 들어갔다.

포근한 침대. 〉_〈 (사실 -_- 구질구질한 침대)

침대 시트 빨 때 됐는데 도통 엄마란 사람은 주부란 사실을 망각한 채로 놀러다니기에 바쁘구나. -0-

참참-0-

오늘 나 없이 댄스는 무엇을 하고 하루를 보냈을까나. 〉_〈

[댄스~!! 오늘 모했상? 나 없으니까 집이 텅빈 거 같지? ㅋㅋ]

[문자 보내는 거 짜증나. -_- 전화할게]

뭐야-_- 할거면 바로하지 왜 문자를 보내고 한다는거야.-_-

잠시 후 벨이 울리고_

"여보세여. -0-"

"어 나다."

"-_-^… 왜 전화질이야?"

"문자 보내는 거 싫어. 버튼 존나 쪼끔해. -_-"

"응. -_-;;; 댄스 오늘 모했냥?"

"오늘 그냥 집에 있다가 방금 연정이 만나고 가는 길."

"아… 연정이 만났어?"

"오빠 연정이랑 사귀기로 했다."

"…참말?…"

"어…."

"축하해 댄스. -0-"

"어 고맙다…. 근데 야…."

"응?"

"혹시라도 나 욕하고 미워하지 마. 그냥 넌 무조건 나 이해해. 알았냐?"

"무슨 소리야?"

"아무튼간에-_- 넌 내 편 하라고."

"생각 좀 해보고. -_-"

"생각 많이 해."

뚝-

또라이 같은 넘 밑도 끝도 없이 니늠 편을 하라고?

그래-_- 까짓 것 해주마. ;;;; 너랑 친해져서 금전적으로 손해 볼 일은 없을 것 같아. zz

음… 연정이랑 결국 사귀게 되는구나. 두 연인의 앞날이 밝기를 바랍니다.

아~ 잘 생긴 넌놈-_- 또 짝짓기에 연연이 없구나.

이 몸은 언제나…. ㅠ0ㅠ

Lollipop 32

신나는 토요일토요일토요일. 〉_〈

으하하하하하 -0-

토요일이라 기분이 살짝 좋은 지 어쩐 일로 유환이가 대문 앞에서 날 맞이한다.

"굿드 모닝. -_-"

"어, 모닝."

말 없이 둘다 앞만보며 등교를 한다. 이럴거면 왜 왔다니-_-? 괜히 뻘쭘하기만 하잖아.

"참 아윤아."

"엉-_-?"

"어제 밤에 사교한테 전화왔는데 오늘 연정이랑 콘도 놀러간다고 우리도 가재."

"그래? 나한텐 그런 말 없었는데…."

"깜짝 선물인갑지. -_-"

"그런갑다."

무표정한 척 하려 노력하지만 속으로는 무척 기분이 좋다. 〉_〈

놀러가다니 우히히힛. 그것도 생전 가본 적 없는 콘도로….

강아윤 출세했다. 〉_〈

근데 둘이 가지 왜 우리도 불렀을까나. 들러리를 원하는건가??

몰라몰라몰라. 〉_〈

그냥 편하게 생각하고 놀면 되는거지 뭐.

학교에 갔더니-_- 사귀는 사이가 되어 버려서 그런지 둘은 훨씬 더 스킨쉽이 심해져서는 딱붙어 앉아있다.

"야 댄스 -_- 내가 자리 바꿔줘??"

"응. ^o^"

"-_-"

그냥 물어 본건데 단숨에 쫓아내는구나.

난 서랍속에 있는 나의 물건들을 주섬주섬 챙겨선 댄스 자리로 옮겼다.

나의 자리 옮김이 맘에 안 드는지 유환이는 날 아래위로 살펴댄다. 나도 안 반갑다 이거지!!!-_-!!!!

"뭐야?"

"뭐가?"

"왜 짐은 챙겨 오는겨?"

"이제 여기가 내 자리다 왜?"

"그럼 너랑 나랑 짝이라고?"

"불행하게도 그래. -_-"

"제길. -_-"

뭐야 -_- 저새끼 내가 지늠 짝이 된 게 몹시나 싫은 듯 서랍에서 담배를 꺼내선 밖으로 나가버린다.

난 그래도 니늠을 좋은 베스트 쁘렌드로 생각하고 있는데 그 행동은 뭐니…. ㅇ_ㅇ

아무도 안 반겨주는 미운 오리새끼 강아윤_

공부나 해볼까나?

주섬주섬 가방을 열었다.

이크 〉_〈 썩은 김치 냄새밖에 안 나는구나. -0- 다시 가방을 닫고는 엎어져서 잠을 청했다. -_-

"야, 일어나."

"뭐야. -0-"

"수업 다 끝났어."

"켁-_- 뭐라고?"

"다 끝났다고."

"움메야 -_- 오늘 체육이랑 미술인데 다 어케했어?"

"너 아프다고 했어. -_-"

"헉… 야!!! 짝꿍이 공부를 안 하고 자고 있으면 깨워서 시켜야 할거 아니야!!!!"

"기껏 생각해서 냅뒀더니."

그리고는 또 나가버린다. 옴메야… 재 왜 저래?

밴댕이 유환이도 삐지고 연정이도 바빠지고 댄스도 여자에 눈멀고. -_-

리얼로 나는 혼자란 말이냐….

힘없이 가방을 싸고 있는데 댄스와 연정이가 다가온다.

"오늘 5시에 출발할거니까 집에서 준비해 놔."

"진짜 가는 거야?"

"그럼 가짜로 가니?"

"알았어. -_-"

"유환이는??"

"몰라. 삐져서 나가버렸어. -_-"

"싸웠어?"

"아니. -_- 그놈이 일방적으로 삐진거야. -_-"

어쨌든 놀러는 가는거구나.

집으로 재빨리 향했다. 커다란 가방을 열어놓고 이것저것 골고루 챙겨넣었다.

여행을 가려면 신나야 하는건데 내 기분은 왜케 찜찜한 것일까.

시간은 흐르고 흘러-_- 얼추 5시가 다 되어갔다.

유환이한테 전화를 걸었다.

뚜-뚜-

"여보세요?"

"유환아, 나야."

"왜."

"준비 다했어?"

"안 가."

"아!!! 너 아직도 삐졌냐?"

"안 삐졌어. -_- 난 안 갈거야. 잼있게 놀다와라…."

뚝-

왜 안 간다는거야…. ㅜ0ㅜ

니늠이 안 가면 나도 가기가 그렇잖니. 셋이 가는데 둘이 연애중이니 난 미친 눈치쟁이가 되는거지. ㅠ0ㅠ

결국 -_-

댄스와 연정이의 질기디질긴 설득으로 유환이도 허락을 하고 우린 넷이 나란히 댄스네 자가용에 몸을 실었다.

유환이는 창밖에만 멍하니 시선을 두고 있고 아직도 삐졌는지 어쨌는지 신난 건 댄스와 연정이 뿐이다. -_-

높은 산자락 _

맑은 강물 _

강원도 구석진 곳의 한 콘도에 내려 방이 2개 달린 객실로 안내를 받았다.

좋구나. -0-

Lollipop 33

짐을 풀고 있는데 사교 놈이 다가온다.

"야 밥 해."

"-_- 왜 내가 하냐!!"

"공짜로 왔으면 밥 값을 해야지. ^-^"

"아씨 ┬0┬ 알았어."

주방으로 뻘쭘뻘쭘 다가가 쌀을 씻는다.

뭐 별 수 있나? 놈의 말대로 밥 값을 해야지…. ㅠ0ㅠ

연정이도 옆에서 이것저것 도와준다.

그리고 사교와 유환이는 밖으로 나가더니 두 손에 끊어질 듯 술을 사들고 들어왔다.

헉-_- 저걸 누가 다 마셔? 그러면서 입에 웃음이 지어지는 나다. ㅋㅋ

내가 만든 찌개와 반찬들을 맛본 연정이는 다시 재수정 모드로 들어간다. -0-

연정이가 재수정한 것들의 맛들이 신기하게도 굿잡 음식으로 변신을 한다.

우아우아우아~~ 〉_〈

연정아 넌 못 하는 게 뭐니? 〉_〈

식탁에 나란히 앉아서 맛을 본 유환이와 사교가 은근히 놀라는 눈치다.

"강아윤 의외다."

"그러게."

참으로 찔리네. -_- 시작은 내가 했지만 마무리는 연정이가 했는데…. 히힛〉_〈 바보들….

밥을 다 먹고 설거지를 하려는 지 댄스가 주섬주섬 싱크대로 다가간다.

하려고 노력은 해뵈는데 놈이 저런 걸 해봤을 리가 없다. 퐁퐁만 한주먹 풀고는 도통 아무리 씻어도 거품이 사라지질 않자 바로 비누방울 놀이로 전환을 해버리는 놈이다.

그걸 보고있던 유환이는 씨익 웃음을 지으며 사교를 밀어내고는 지능이 다 해결을 해댄다.

역시 막 자란 놈은 다르단 말이지. zz

내가 우리집에서 설거지를 얼마나 시켜먹었는데_

그때 녀석의 실력이 많이 늘어난 듯싶다.

밥도 다 먹고 설거지도 다 끝내고 멀쭘히 티비를 보고 있는데 _ 헉-_- 사교가 빤슨지 수영팬틴지 민망스런 천 하나만 달랑 입고는 거실로 나왔다.

"너 뭐야. -_- 왜 옷을 벗고 그래."

"수영 하러 가야지. -_-"

"여기서 수영장까지 그러고 갈라고-_-?"

"아니. ^-^ 너한테 수영복 자랑할라고. 멋있지?"

"또라이. -_-"

그러면서 녀석의 몸 구석구석을 살펴봤다. ㅋㅋㅋ

잘 다져진 몸이로구나. -_-; 울퉁불퉁;; 군데군데 잘 잡혀서 펼쳐진 근육질 가슴 _

니가 짱먹어랏. >_<

놈은 끈질기게 설득과 협박을 해대며 수영장에 가자고 졸랐지만 모두 다른 곳만 쳐다보고 녀석의 말을 강하게 거절했다.

"우씨··· 니네 나빠. ㅜ0ㅜ"

하며 목욕탕으로 들어간 녀석은 욕조에 물을 받아놓고 수영을 하는지 연신 풍덩풍덩 소리가 밖까지 새어 나오고 있었다. -_-

나란히 티비를 보고 있던 유환이가 담배를 하나 들고는 베란다로 나갔다.

녀석 아직도 삐졌나? 도통 나한테 말을 걸질 않는다.

왜 삐져는 지도 가물가물 기억도 안 나는데 잰 왜 저렇게 소심한 거야.

살짝 녀석의 뒤로 다가갔다.

"담배 또 피네. -_- 골초골초."

"강아윤."

"엉?"

"내가 너한테 뭐 화난 거 있냐?"

"나야 모르지. -_-"

"왜 화났는 지 모르겠는데 이상하게 너만 보면 불편하네. 왜 그럴까?"

"글쎄 -_- 내 얼굴이 재수 없나…."

"그건 아닌데… 이상하게 너만 보면 얼굴이 찌푸려져."

"우씨-_- 왜 그런건데!!! 이유를 좀 생각해봐…. 그래야 내가 사과를 하든 지랄을 하든 하지."

"잘 모르겠어…. 나도 왜 그런지 잘 모르니까 나 신경쓰지마. 너 아까부터 자꾸 나 쳐다보면서 눈치 보잖아. ^^"

"……."

"왜 대답 안 해. -_-"

"알았어…."

이유도 모른 채 내 얼굴만 보면 화가 난다는데 내가 어찌 해야하는거니.

어우어우어우… 재수없어.ㅜ0ㅜ

잠시 후 -_- 온 몸이 물에 뿔어서 쪼글쪼글해진 사교가 목욕탕 밖으로 모습을 드러냈다.

참으로 신기하고도 이해하기 힘든 놈이다. -_-

손가락 끝마디 마다 쭈굴쭈굴한 게 참으로 보기 안타까웠다. ;;;

Lollipop 34

밥도 먹고 배가 남산만해져서는 쇼파에 널부러져 있으니 댄스가 냉장고에 넣어두었던 술보따리를 풀기 시작했다.

"댄스, 아직 대낮이야. 그리고 배도 부르단 말이지."

"그럼 넌 먹지마. ^^"

"어우 -_- 야~ 나도 먹을래."

"그래. ^^ 그럼 배 꺼지게 한 바퀴 뛰고 와. 우리끼리 먹고 있을게."

"배 불러도 먹을 수 있어!!!-_-!!!!"

나와 댄스의 대화를 웃기게 듣고있던 연정이와 유환이도 입맛을 다시며 술 근처로 다가온다.

괜히 시비 걸었잖아. -0- 잠자코 있다가 맛나게 먹을 걸….

난 맥주가 좋은데 온통 소주 뿐이구나.

우리나라에 소주 종류가 저렇게 많았던가. -_- 각가지 종류별로 맛깔나게도 사왔구나.

"그냥 먹으면 재미 없잖아. ^^"

사악한 웃음을 지으며 각자의 컵에 소주를 따라주며 댄스가 말을 한다.

"이런데 오면 원래 게임하면서 먹는거야…."

니놈만 술 먹어봤냐? -_- 그 정도는 수학여행간 초등학생도 알끄다 이놈아.

"무슨 게임 할건데…. -_-"

"쿵스 쿵스 쿵스. -_-"

"쿵쿵따 -_-?"

"어. -_-"

결국 쉽사리 정한 게임의 쿵쿵따 벌칙은 진실게임. -_-

아우… 유치하지만 참으로 땡기는 게임 _

보기에도 쏠리 게 댄스는 겨드랑이에 지 팔을 붙였다 떼었다 하며-_- 쿵스쿵스쿵스를 외쳐댄다. 아… 깬다.

추해 사교야….

"쿵스쿵스~ 어머니!!"-댄스

"-_-… 쿵스~ 쿵스~ 니미럴-_-"-유환

니미럴 -_-…니미럴-_-?

그게 되나….

다음 차례가 나기 때문에 니미럴은 안 되는 단어여야 한다. -_-

다들 표정을 보아하니 문제가 없어 보이네.

이상한 애들이야. -_-

"럴… 럴… 얼씨구. -_-"-나

"구… 구… 구렁이…"-연정이

"쿵스쿵스… 이삿짐-_-"-댄스

"짐-_-… 짐짐… 짐벌레"-유환

"켁 그게 뭐야!! 짐벌레가 뭐야!! 그런 거 안 돼!!"

내가 크게 소리를 치며 반대에 나섰다. 짐벌레가 뭐야, 짐벌레가….

곤란한 표정을 지으며 수습에 나서는 유환이 _

"짐벌레 몰라? 몰라? 짐을 들어주는 벌레. -_-"

"켁-_- 진실게임!! 오호호호호."

댄스와 연정이는 환하게 웃으며 질문을 준비해 댄다.

"유환쓰~!!! 키스해 본 적 있나? 푸하하하"-댄스

"없어. -_- 다음!!"

"유환아 ^^ 좋아하는 사람 있어?"-연정

"몰라. -_-"

"모르는 게 어딨어!!"

"여기 있지."

"술 세 잔 마셔!!!"

"알았다. -_-"

저 쓴 소주를 말도 없이 다섯 잔을 원샷하는 놈. -_-

꾸엑… 그냥 없다고 하든가 말을 하지 몰라가 뭐야. 멍청한 놈 _

"아윤이 빨리 질문해."

"알았어. ^-^ 유환아 〉_〈 저번에 몇 등 했어? 히히히힛 _ 니가 성적표 안 보여줬잖아. 〉_〈"

"-_-…… 치사한 인간… 29등 했다. 왜!!"

"히히히힛 내가 이겼다. 〉_〈 다음!! 쿵스쿵스쿵스~~"

……

……

……

게임이 10판 정도 넘어가고 유환이만 계속 걸리는 바람에 소주 3병이 유환이 놈의 몸속으로만 들어가 버렸다.

으메~ 아까운 술술술. +_+

이대로 게임만 하다간 유환이만 취하겠구나. 막판 게임만 하고 그냥 다같이 마시자고 해야지.

마지막 게임은 연정이가 걸렸다.

나와 댄스의 질문은 아주 평이한 것들이었고 댄스는 이상야릇한 질문을 한다. -_-

"나 말고 만나는 남자 있지? ^-^ 다 이해해…. 괜찮으니까 그 남자 이름 말해 봐. ^^"

"…어?"

"이름이름이름. ^^"

"이름은… 왜…?"

"그냥. ^^ 우리 애인이 나 말고… 어떤 멋진 이름의 소유자를 만나나 궁금해서…. ^^"

"권해언…."

"오케이~!!! 야!! 게임 그만 하고 마시자!!"

그렇게 유환이만 취한 채 게임은 끝나고 고꾸라진 유환이를 무시한 채 우리 셋은 나란히 주고 받고 소주병은 쌓여만 갔다.

슬슬 댄스도 연정이도 취해만 가고 _

내가 잠깐 화장실에 간 사이에 둘다 없어져 버렸다. 어딜 간거지? -_-

"유환아, 사교랑 연정이 어디 갔어?"

"…몰라. -_-"

"못 봤어?"

"몰라…."

니늠이 지금 뭐가 보이겠냐.-_-

거울 좀 봐라. 얼굴에서 피나오는 거 처럼 빨갛다 이늠아.

둘이 데이트 갔나…. 아…ㅠ0ㅠ… 쏠로 어디 서러워서 살겠어? 나도 데리구 가지 지들끼리만 새우깡 사먹고 오는 건 아니겠지…?

그럼 절교 할거야. -_-

절교?… 히힛… 절교? 그건 사교 동생인가? ^-^

취했는갑다. 별 되도않는 단어로 웃긴 걸 보니 _

난 남아있는 소주를 무슨 정신으로 그랬는지 호로로로록~~ 모두 입속으로 털어넣었다.

"강아윤… 그만 먹지?"

"니늠이나 잘 해. -_- 니 얼굴 쏠려…. 히히힛."

"훗… 언제는 뭐 안 쏠렸냐?"

"그건 그래. ^-^"

"…저기 담배 좀 줘…."

"니가 가져가. -_-"

"던져봐…. 움직이기 귀찮아…."

"제길. -_-"

담배를 주워다 녀석의 입에다 박아줬다. -_-

"불도 붙여줘. ^^"

"…이 새끼가. -_-"

하면서 라이터를 켰다.

옴마야 〉_〈 화력이 왜케 쎈거야. 녀석의 앞머리를 몽땅 태워버릴뻔했다.

마치 일부러 그런 듯…. ^^;;;;

"야!!!"

"미안해미안해. ㅜ0ㅜ"

손으로 담배를 잡기도 귀찮은 지 놈은 고개를 젖힌 채로 담배를 입에 물고 피워갔다.

"유환아 있잖아. ^^"

"어."

"여기 오니까 좋지. ^^"

"지같은 소리만 하고 앉았네."

"넌 안 좋아 -_-?"

"그냥 그래…."

"왜-_-?"

"너랑 같이 왔으니까…."

"우씨-_-"

"훗…."

하며 내 머리통을 휘어잡고 일어나려고 폼잡던 녀석이 주춤하며 넘어져 버렸다. 많이 취했구나. -_-

난 넘의 손을 잡아끌며 일어나는 것을 도와주는데 넘이 내 손을 세게 뿌리친다.

"놔."

"왜 그래. -_-"

"니 손 잡기 싫어…."

"나 손 안 드러워. 저번처럼 손가락 입에 넣고 토하는 짓 이제 안해…."

"병신… 병신. ^^"

"쪼다. -_-"

"장애인 같은 게. -_-"

"넌 다운증후군. -_-"

녀석과 투덜투덜 마주보고 앉아 질책을 해대는데 양손에 새우깡 두 개를 달랑달랑 들고 들어오던 댄스가 우리 둘을 아까부터 지켜봤는지 한심 야릇한 표정을 지으며 지껄인다.

"사랑 싸움… 고만해. ^^"

뭐라는 거야.-_-

"니네 둘이 사랑 싸움 하는 거 다 알아. ^^"

미친 놈. -_-

저게 취하더니만 눈에 뵈는 게 없는 갑다.

"댄스-_- 취했구나…."

"아냐아냐. 난 다 보여. ^^ 니네 둘이 좋아하잖아…."

가만히 화난 듯 듣고 있던 유환이 놈이 난데없이 하는 말이라니. -_-

"알면 방해 하지마. ^^"

하며 밖으로 나가버렸다. -_-

"참 댄스야 연정이는?"

"내가 뽀뽀해 줬더니 황홀해서 못 들어오고 있어. ^^"

"헉… 뽀뽀했어?"

"응. ^-^ 너도 해줄까?"

"미친 놈. -_-"

Lollipop 36

취한 사교 놈과 뻘쭘히 새우깡을 씹고 있으려니 얼굴이 벌개진 연정이가 현관문을 열고 들어왔다.

"연정아 어디 갔다와. 〉_〈"

"야 빨리 나와봐. 유환이 누구랑 싸워!!"

"엥?"

사교와 헐레벌떡 신발을 신고 복도로 나와보니 샤워하고 나서 입는 야시스런 코트를 입고 있는 남자와 유환이가 엉겨붙어 있는 모습이 눈에 들어왔다.

"개새끼야… 디질래?"

"아니요. ^^ 디지기엔 아직 너무 어려요."

"이 새끼가 나이도 어린새끼가…."

"나이 많이 드신 분이 그러시면 안 되죠. ^^"

무슨 소리들을 하는거야. 나이도 지그시 들어 보이는 남자어른인데 유환이는 얼굴에 미소를 잃지 않은 채 말 대답을 하며 서로의 멱살을 잡고 있었다.

"유환아."

"유환아, 무슨 일이야?"

되도않게 살짝 흥분을 한 댄스가 유환이 옆으로 다가가 편을 들 준비를 해댄다.

심각한 상황인데 난 저런 댄스의 모습을 보고 웃음이 난다. -_-

넌 빠져 임마. ㅋㅋ

잠깐!! 웃고 있을 때가 아니지. 내 베스트 푸렌드 유환이가 싸움을 하고 있는데 열 받아야 하는 거잖아!!!

"아저씨, 그 손 놔 주세요."

어디서 그런 용기가 났을까. -_-

난 무섭게 생긴 아저씨 옆으로 다가가 멱살 잡은 손을 잡으며 달려들었다.

"넌 뭐야…. 어라… 어린 것들이 짝 맞춰서 놀러 왔구만. ^^ 부모님들이 아시냐? 이 꼬맹이들아."

"우리 꼬맹이 아닌데요. 저 다음달에 주민등록증 나올 거예요!!"

"하하… 꼬맹이 아가씨가 농담도 잘 하네. ^^"

"-_-"

"아윤이 너 들어가 있어. 나서지 말고…."

"응? 응…."

주춤주춤 뒤로 물러났다. 아무래도 우리쪽의 쪽수가 훨 많은데 설마 맞기야 하겠어?

'퍽!'

ㅇ_ㅇ… 잠시 유환이가 날보며 방심한 사이 무선 아저씨의 주먹이 유환이의 하얀 빰 위로 날라왔다. 치사한 아저씨…. ㅠ0ㅠ

유환이가 맞고 고개가 돌아가 버렸다.

그대로 애자가 되는 건 아니겠지. 힘내힘내, 유환아. >_<

옆에서 놀란 얼굴로 서있던 댄스가 아저씨 옆으로 다가가 두 주먹으로 빰을 퍽퍽 두 대를 갈긴다.

아~ 이빨 몇 개는 나갔겠다.

불쌍하지만 맞아도 싼 아저씨…. ㅜ0ㅜ

아저씨는 양쪽을 맞아서 균형이 맞았는지 고개가 돌아가지 않고 균등하게 평행을 유지했다. -_-;

커져갈 것만 같은 싸움_

연정이는 눈물이 그렁그렁해서는 얼굴을 감싸고 멀리 서 있다.

조금 치사하긴 하지만 2:1인 싸움이라 조금은 안심이다. 그러나 아저씨는 역시 인상대로 그리 만만한 상대는 아니었고 난 조금씩 불안해져왔다.

한 놈만 팬다는 아저씨의 싸움 좌우명이 있는지 계속 유환이의 얼굴만 노린다.

아저씨는 유환이를 때리고, 사교는 아저씨를 때리고_

꼬리에 꼬리를 무는 싸움에 결국 계속 맞는 건 안쓰럽게도 유환이다. -_-;;

"아저씨!! 그만해요!!"

난 어디서 그런 용기가 났는지 유환이의 입 옆에서 살짝 피가 나는 모습을 보자마자 아저씨의 허리를 부둥켜 안고는 물고 늘어졌다.

"아씹. 이년은 뭐야…. 야 이년아 안 떨어져?"

"그만하세요. ㅠ0ㅠ 우리 고등학생이에요. 아저씨 부끄러운 줄 아세요."

"놔…. 나… 오늘 야마 이빠이 돌았어. 이 연놈들 다 뒤질 줄 알어…."

계속 아저씨의 허리를 안은 채로 이리저리 끌려다니는 나.

-_-V

보다못한 유환이가 저벅저벅 입에 묻은 피를 닦으며 아저씨에게 다가와서는 초강력 울트라 캡슐 무쇠주먹을 뻥하니 날렸다.

나가 떨어진 아저씨-_-그 옆에 아직도 허리를 붙들고 넘어져 있는 나. -_-

"아저씨!! 아저씨!! 일어나봐여. 아저씨 기절했어여? 일어나봐여. ㅠ0ㅠ 야, 유환아. 기절했나봐…. 어떡해…."

"떨어져…. 일루와…."

"어떡해…. 깨워야지…."

"빨리 그 손 놓고 떨어지라고!!"

깜딱이야. -_-

왜 소릴 지르고 그러니…. ㅠ0ㅠ

엉겨 붙어있는 내 손을 척척 떨궈낸 유환이는 날 질질 끌고 엘리베이터 버튼을 누른다. ㅠ0ㅠ

너… 왜케 터프한거야…. 무섭잖니….

Lollipop 37

어이없게 유환이와 엘리베이터에 탑승을 해버렸다. -_- 탔으면 버튼을 누르든가 해야지 뭐하는거니-_-?

"유환아… 몇 층 갈건데-_-? 참참, 약국가자…. 가만가만… 약국이 몇 층이더라…?"

"안 가도 돼."

"그럼 이거 왜 탔어-_-? 아~ 너 주택 살지. 엘리베이터 타보고 싶었구나!!! ㅋㅋ"

"병신…."

"1층부터 10층까지 열 번 왔다갔다 할까 ^o^?"

"강아윤…."

"응?"

"모르는거냐… 아니면 나 물 먹일려고 모르는 척 하는 거냐…?"

"뭐가 -_-a?"

"후…."

그때 누군가 다른 층에서 엘리베이터 버튼을 눌렀는지 '띵-' 소리와 함께 움직이기 시작한다.

'띵동♩♪ 1층입니다-'

우와 -_- 여긴 이런 소리도 나는구나….

1층에서 열린 엘리베이터에 다정한 연인이 팔짱을 낀 채로 탑승해서는 우리를 의아하게 바라본다. 왜 안 내리냐 이거겠지. -_- 나도 모른당게요…. -_-

유환이의 허리를 꾸욱 찔렀지만 녀석은 부동의 자세를 지킨다. 아… 어쩌란 말이냐…. -_- 답답하도다.

쿵쿵쿵 주먹으로 녀석의 가슴을 치고 있는데 그 연인은 5층의 버튼을 누르고 엘리베이터는 다시 이동을 시작한다.

쓰벌-_-래미….

유환이는 천장을 바라보고 있었고 난 그 연인을 지그시 쳐다보고 있었다. 꾸엑-_-그 연인… 은근슬쩍 뽀뽀하는 거 나한테 딱 걸렸다.

우엑우엑우엑!!

나도모르게 얼굴이 붉어져 온다. 엄마야, 난 몰라. 난 몰라. 〉_〈

좋은 구경거리 혼자 보기 아까워서 유환이의 손을 잡고 꾹꾹 눌러댔다. 헌데 새끼-_- 구경거리는 안 보고 내 손을 더욱 꽉 눌러재낀다. 아마도 놈은 내가 누구 힘이 더 센지 내기라도 시작한 주 아나부다.

그게 아니야!! 그게 아니야, 바보야!!!

연인이 내리고 우린 또 다시 정지된 엘리베이터에 남겨졌다. 생각 같아선 놈의 뒤통수라도 갈겨주고 싶지만 지금 녀석이 저기압인데다가 입 옆에는 피가 맺혀 있었기에 꾸욱~ 릴렉스하게 참았다.

"야… 피나. 닦아라. -_-"

난 긴소매를 쭈욱내려서 녀석의 입 가까이 옷을 끌어내 닦아주려 폼을 잡았고_

"놔둬. -_-"

하며 넘은 또다시 나의 호의를 거절해댄다.

"너 대체 왜 그래!! 왜 내 손만 닿으면 그렇게 기절을 하는건데? 내가 그렇게 소름끼치냐!!-_-!!!"

"그딴 거… 아니야…."

"맞으면서 뭐가 아니야!!"

"소리 지르지마!! 나도 짜증나니까!!"

"너… 요즘 왜 그래. 내가 너한테 뭐 잘못한 거라도 있어?"

"그딴 거 없어…."

"재수 없어, 가유환…."

난 녀석의 구박에 살짝 서러워져 열림 버튼을 살짝 눌렀고 문이 지그시 열렸다.

"후…."

작은 한숨소리와 함께 놈은 나가려는 내 팔을 잡는다.

"놔!!-_-!!"

"미안해, 화내서 미안하다…."

"됐어. -_-"

"그냥… 나란 새끼가 짜증나서 그래…. 너한테 이런 식으로 밖에 못하는 나란 새끼가 짜증나서…."

"됐어…."

녀석의 팔을 스르륵~ 놓고 나는 나와 버렸고 유환이는 엘리베이터에 남겨진 채로 문이 닫혀 버렸다.

저놈 왜 저래. -_- 아… 짜증나…. 아… 심난해. ┬0┬

나와 유환이가 나가 버리고 많이 걱정들이 됐는지 사교와 연정이가 날 맞이해 준다.

"유환이는?"

"몰라. -_-"

"강아윤, 너 눈치 너무 없다. ^-^"

"뭐가? -_-"

"아~ 가유환새끼… 졸라 힘들어지겠네. 둔탱이…."

"뭐라는거야. -_- 시끄러!!"

Lollipop 38

유환이 놈의 쌈질 땜에 먹은 술도 살살 다 깨버렸다.

사교는 아까 사온 새우깡에 우유를 말아 먹는다며 그릇과 우유와 새우깡을 들고 설쳐대고 있고 _

뭐 저런 놈이 다 있냐? -_-+

난 연정이와 티비를 보며 깔깔대고 있었다.

유환이는 한 시간 가량 지난 후에 말짱해진 모습으로 컴백을 했다.

얼굴 군데군데 맺혀있던 피는 어디서 다 닦고 온거니. -_-

궁금했지만 괜시리 말 걸기가 뻘줌해서는 눈길만 살짝주곤 다시 티비에 집중했다.

"유환아, 어디 갔다왔어? ^^"

내 맘을 알아차렸는지 연정이가 대신 녀석에게 말을 걸었다.

"바람 쐬고 왔어."

"맞은 데는 안 아파?"

"어… 나 먼저 잔다."

여기까지 와서 벌써 잔다고라??

놈은 작은방으로 쑤욱 들어가서는 영영… 소식이 없었다.

"나도 졸리다. 아… 새우깡 우유에 말아 먹으니까 맛없다. -_-"

"그걸 꼭 먹어봐야 아냐!!! 딱 보기에도 쏠리는구만. 우엑우엑우엑."

"내 말 안 들으면 이거 먹일거야. -_-"

"니가 먹으란다고 내가 먹냐 -_-? 너 유환이 옆에 가서 어서 자라. -_-"

"싫어!! 나 연정이랑 잘건데….^^"

씹숑 -_- 어린 것이 못하는 소리가 없다.

헌데 농담이 아니고 진담인지 연정이를 끌고는 큰방으로 사라져 버린다. ㅜ0ㅜ

넓고넓은 거실에 홀로 남겨진 나. -_-;;

잠시 후 _

다시 나오는 연정이와 댄스 _

댄스는 유환이가 들어간 방으로 다시 들어가 버리고 연정이와 난 멀쭘히 소주가 흐트러진 거실에서 마주보며 어색한 웃음을 흘렸다.

"우리도 들어가서 잘까?"

아… 어감이 이상하다.

"여기까지 와서 벌써 자? 우리 술 조금 더 먹자. ^^"

"핫. 정말? 〉_〈 나도 더 먹고 싶었는데 말 못했어. 먹자먹자먹자."

연정이와 난 남은 술을 다시 개봉하고 우유에 말아논 새우깡을 안주 삼아 홀짝홀짝 들이키기를 계속했다.

개늠시끼-_- 조금만 말아놀 것이지 한 봉지를 몽땅 대접에 말아놨다. 썩을. -_-

한 병… 두 병…

또 다시 술이 들어가고 슬슬 눈이 풀려가는 나와 연정이를 느낄 수가 있었다.

"아윤아. ^-------------^"

"응응 연정아 왜왜. 〉_〈"

"난 친구가 없어. 유일한 친구는 너야…. 알지? ^^"

"응… 알지. 〉_〈 나도 너밖에 없는 걸. ^^"

사실 둘다 왕따인 거 자랑하는 것도 아니고-_- 쪽팔린 이야기지만 술이 취해서 그런지 무척이나 진솔하게 느껴졌다.

"나 있지… 비밀이 있어. 그 비밀… 아무한테도 말한 적 없는데…. 너한테 말해도 돼? 지켜줄 수 있지?"

"아… 정말? 내가 그 비밀을 지켜줄 수 있을까나? ^^ 암튼 해봐해봐해봐. 〉_〈 임금님 귀가 당나귀 귀만 아니면 지켜줄 수 있어. ^^"

"그래…. 누군가한테 말하면 내 죄책감이 조금은 덜어질 거 같아서… 그래서 말하고 싶어….”

“응〉_〈 어서어서 말해보렴….”

“너… 원조교제가 뭔 주 알아?”

“알지알지!! 아저씨랑 아가씨랑 사귀는 거잖아. 〉_〈”

“그래… 그거….”

“응. 근데 왜??”

“내가… 내가 원조교제란 걸 한다….”

“…뭐라고?… 니가?”

“응응…. 돈 많은 아저씨랑 맨날 만나. ^^ 그 아저씨가… 내 동생 수술비… 우리엄마 병원비… 생활비… 다 줘….”

“아… 그럼 나한테 돌려줬던 500만 원도?”

“응응… 첨엔… 굉장히 죄책감 같은 거… 들었는데 시간이 지나고 익숙해지니까 나 아무렇지도 않아…. 아무렇지도 않으면 안 되는 거지?”

“… 글쎄… 잘 하는 건 아닌데… 어쨌든… 비밀 말 해줘서 고마워. ^^ 내가 꼭꼭 입 닫고… 무덤까지 지켜줄게.^^”

“…그래….”

“히히히히힛 〉_〈 마셔마셔!!!”

연정이가 사정이 있어서 원조교젤 했겠지. 그럴 수도 있지. 최후의 선택이었을거야!!

아닌데… 원조교제… 나쁜 건데 _

그건 도덕적으로도 허용될 수 없는 나쁜 짓인데 어렵게 얘기를 꺼낸 연정이에게 더 이상 뭐라 할 말을 찾지 못한 나는 계속 쓰디쓴 술을 들이켰고 곧이어 옆으로 쓰러져 눕는 연정이를 발견했다.

"연정아, 자는거야? 응? 일어나… 일어나… 술 아직 많이 남았는데…. ㅠ0ㅠ"

"ZzzzzzzzZzzzZZZ… 아윤아… 잘 자…. 푸…."

자면서도 말을 하네. 잘 자라. 잘 자. -_-;;

화장실에 가려고 비틀비틀 몸을 일으켜 세웠다. 어디가 화장실이지? 여긴가? 여기던가?

문이 세 개가 있는데 어디가 화장실이지? -_-

도통 어지러워 찾을 수가 없네. 대강 화장실로 추정되는 곳의 문을 열자마자 _

우엑----------------

토를 쏟아냈다.

"야!! 강아윤!!"

"=_= 누구세요…?"

"…씹… 야!!"

"왜 소리를 지르고 그래. -_- 아 너 화장실에 있었구나. 노크 못해서 미안. ^-^"

"…씨발… 여기가 화장실로 보여!!"

눈을 부릅뜨고 정신을 차리고 둘러봤더니 유환이가 잠들어 있던 침대 옆에 이쁘게도 내가 토를 쏟아놨다. ㅜ0ㅜ

쥐구멍아… 어디 있느냐…? ㅠ0ㅠ

"미안해. ㅜ0ㅜ 미안해 유환아. 미안미안…."

"진짜… 가지가지 한다. -_-"

"화장실인 줄 알았어. ㅠ0ㅠ"

"술 또 먹었어-_-?"

"응응…. 유환아, 근데 나 더 토하고 싶어. ㅜ0ㅜ"

"아~ 돌겠네…."

놈은 내 목을 잡고 화장실까지 끌고 가더니만 변기에 거의 세수를 시킬 듯이 박아버리고는 등을 두들긴다.

'퍽퍽퍽!'

"아파. 좀 살살. 우엑…. 우엑…… 엑엑… 우엑……."

"-_- 아~ 드러워. 아… 드러워…."

"아… 속 아파. ㅜ0ㅜ 우엑… 엑 엑…."

한 10분 가량 속에 있는 모든 걸 비워내고 나니 이제 눈 앞에 모든 것들이 살살 보이기 시작한다. ㅠ0ㅠ

지금의 상황은 정말이지 태어나 18년동안 최고의 쪽팔림이다.

"유환아. ㅠ0ㅠ"

"입에 토 묻었어. -_- 그런 입으로 내 이름 부르지 말아줘…."

"미안해. ㅠ0ㅠ"

"토 튀잖아!!"

-_-;;

새끼 엄청 지랄이네. ㅠ0ㅠ

난 비틀비틀 아까 방에 토해 논 토를 치우려 다가갔다.

우엑… 내 토지만 정말 쏠린다.

"유환아. 우리 가위바위보 해서 진 사람이 치우자. ㅠ0ㅠ…"

"디질래? 니 톤데 내가 왜 치워!!"

"저거 보니까 또 토할 거 같애…."

"…아…씨… 아오… 꺼져 봐…."

날 밀쳐내곤 놈은 검정봉다리 두 개와 걸레 두 개, 두루마리휴지 한 통으로 참으로 호화찬란한 금빛 오바이트를 치우기 시작했다.

유환이는 연신 헛구역질을 하며 치웠고 난 그 모습을 차마 볼 수 없어 고개를 돌리고 헛구역질을 해댔다. -_-

사실 그 와중에서도 아까 먹은 우유새우깡이 새우맛 우유로 환생해서 태어나는 건 아닌지 무척이나 궁금했다. -_-;;

그때 아직도 천하 모르고 자고 있는 댄스가 부시시… 눈을 뜨고는 내 자랑스런 오바이트와 그것을 치우고 있는 유환이를 보더니 기절을 하며 소릴치며 밖으로 나가버렸다. -_-+

아마도 댄스는 그 토가 내 것인지는 모를거다.

그나마 다행이다.

다 치운 유환이는 손을 10번이나 씻고는 죽을 인상으로 내게 뚜벅뚜벅 다가왔다.

"괜찮냐?"

"응? 뭐가?"

"…속 …."

"속? 내 속?"

"그럼 내 속을 너 한테 물어 보겠어!!!-_-!!!!"

"아… 괜찮아 괜찮아. 미안해…. 고마워…. 앙…."

너무 미안한 나머지… 쪽팔린 나머지 눈에 눈물이 살짝 고여왔다.ㅠ0ㅠ

남방을 걸치고는 유환이는 날 끌고 밖으로 나왔다. 난 아직도 울렁거린단 말이지.

복도에 나왔더니 꾸벅꾸벅 앉아서 졸고있는 댄스의 모습이 보였다.

도망 나온 것도 괘씸하고 녀석의 하는 짓이 궁상 맞아서 정강일 차주고 도망쳤다.

-_-V

"근데 유환아, 우리 어디 가니?"

"너 술 먹이러. -_-"

"술? 술? 야야 안 돼. 〉_〈 나 이제 술 쳐다만 봐도 토할 거 같애…."

"뻥이야. -_- 내가 대가리에 총 맞았냐. 또 먹이게…. 조용하고 따라와 봐. 나 아까 존나 신기한 거 발견했어. -_-"

"응. -_-;"

도대체 어떤 신기한 걸 발견 했길래 녀석의 눈에서 반짝반짝 빛이나는 걸 발견할 수 있었다.

콘도 밖으로 한참 걸어나오자 멀리 흘러가는 강물이 달빛에 빛나 졸졸졸 흐르고 있었다.

"신기한 게 저거냐? -_-"

"아니야…. 조용히 따라와봐."

"어. -_-+"

험한 바위들을 헤치고 내려간 강가 구석을 녀석이 가리켰고 _

오우~ +_+ 그곳에 소라새끼들이 바퀴벌레처럼 덕지덕지덕지덕지 너덜너덜너덜 징그럽게도 많이 붙어 있었다.

"우와!!!!"

"신기하지 신기하지?"

사실-_- 별 신기할 것도 없었건만 녀석에게 미안한 맘도 크고 순수한 놈의 맘 다치게 하고 싶지 않아 맘껏 신기한 척을 해줬다.

"저거 잡자…."

"이 야밤에-_-?"

"내일 가야 되잖아. 지금밖에 시간 없어."

"유환아 -_- 지금 밤이야…. 그리고 수영복도 없어."

"안 잡을거야-_-? 안 잡아? 내가 아까 니 토를 그렇게 치웠는데 내 소원 하나 못 들어줘-_-?"

"알았어. 잡자… 잡자 유환아… 잡자…. 꼭 잡자. 꼭. 꼭.꼭. 알았지? 꼭. 잡자."

첨벙 첨벙 첨벙-_-

넘이 먼저 반바지를 걷어부치고 물속으로 들어갔다.

Lollipop 40

"뭐 해, 안 들어와 -_-?"

"아… 들어가야지. 들어갈거야. ㅠ0ㅠ…"

녀석의 안달 끝에 나도 바지를 걷어부치고 물속으로 첨벙첨벙 들어갔다.

아… 내 주위엔 왜 온통 이상한 애들 뿐인거야. ㅠ0ㅠ 사실 내가 더 이상한 거 나도 자알 안다. 제길 _

녀석은 언제 준비했는지 주머니에서 새우깡 봉다리를 꺼내서 내게 하나 건네주고 그곳에 소라를 가득 채우란다.

오늘 여러 모로 활약하는 새우깡이다.

"근데… 이거 잡아서 뭐하게? -_-"

"끓여먹고 삶아먹고 너 귀걸이도 만들어줄게. -_-"

"이게 조개냐!!! 이딴 걸로 어떻게 귀걸이를 만들어!!"

"만들 수 있어. -_- 어서 잡기나 해."

"응. =_="

야밤에 12시가 넘은 이 시간에 두 또라이 남녀가 물가에서 무언가를 해대는 게 궁금한 지 지나가는 자동차 안에 있는 사람들이 이상스레 한 번씩 살펴보고 지나간다.

한 한 시간반 가량이 지났을까. 새우깡 봉지가 거진 차 간다.

“난 다 잡았다. ^-^”

밝게 웃으면서 먼저 물 밖으로 나가버리는 놈….

“너 다 잡을 때까지 나오면 죽어.”

“응. =_=”

봉지에 물을 조금 넣으니 봉지의 부피가 늘어나 가득찬 것처럼 보인다. 〉_〈 히힛 _

“나도 다 잡았다~!!!”

“그럼 나와. -_-”

내 봉지를 뺏어서 내용물을 확인한 유환이는 갑자기 다시 물속으로 들어가서는 함께 잡은 소라들을 몽땅 강물에 버려버렸다.

씹숑같은 새끼-_- 뭐 저딴 놈이 다 있어.

“야!! 그걸 왜 놔줘!!”

“불쌍하잖아. -_-”

“아… 미친 놈…. 그럼 왜 잡으랬어!!”

“너 술 깨라고. -_-”

“아 제길 제길…. 고마워해야 하는거냐…. ㅠ0ㅠ”

“응. -_-”

결국 더 이상 토하지 못 하게 만들기 위해서 넘은 날 막노동을 시킨거였는갑다.

니늠의 속이 깊은 건 인정해 주겠지만 그 싸가지 없는 방법은 도통 인정해 줄 수가 없구나.

넘은 또 한번 주머니에서 무언갈 꺼내더니만 라이터로 불을 붙이기 시작한다.

아무래도 녀석의 주머니는 가제트형사의 바바리보다도-_- 모자보다도-_- 훨씬 깊고 큰가부다.

불을 붙이고 지지직~ 타들어가던 물체는 갑자기 하늘로 빵빵 터져오른다.

우와~ +_+ 저것이 그 유명한-_- 불꽃놀이라는 거구나.

"와~~ 이쁘다…."

"멋있지-_-? 비싼거야."

"어. -_-"

"아… 돈 아까워. -_-"

"분위기 깨게… 돈타령 고만해. -_-"

"아까운 건 아까운거지."

새끼 돈 아깝다면서-_- 주머니에선 끊임없이 폭죽들이 쏟아져 나온다.

간만에 한번 써줘야겠다. -_-

그 이름도 유명한 넘은 요술… 쟁이. >_<

터져오르던 폭죽을 보며-_- 또다시 멀쭘한 기운을 느낀 나는 돌멩이를 주워들고는 -_- 강가에 던지기질을 계속 해댔다.

"나랑 있으면 어색해?"

"응?"

"어색해 보인다. 너."

"아냐. 그런 거 없어."

"옛날엔… 너랑 같이 있어도 그런 거 전혀 없었는데…. 그런 거 생기네…."

"…응…."

"존나 해서는 안 되는 것도… 마음속에 자꾸 생기고 하루하루 짜증나 죽겠어."

"뭐가?… 생겨?… 뭐가 생겨?"

"…있어 그런 거…. 지랄 같은 거…."

"-_-… 어려운 말만 해 맨날."

"니가 둔해서 모르는거야…. 남들 같았으면 벌써 알았지…. 벌써 진작에… 알아 버렸지…."

"무슨 소리야. -_-"

"…훗…."

갑자기 고개를 젖히고-_- 미친듯이 웃어대는 놈_

저거 또라이 아니야-_-? 아직 술이 덜 깼나….

"유환아… 오랫만에… 그거 하자!!"

"뭐…?"

"그거그거."

"그거 뭐. -_-"

"말타기 놀이. ^-^"

"웃기고 있네. -_-"

“하자하자하자!!! 나… 말타기 놀이 안 하면 또 토할 거 같애…. ㅠ0ㅠ”

“…훗….”

하면서 등을 내미는 유환이_

아… 나는 이런 착한 유환이가 참말 좋다.

낼름 녀석의 등에 업혀서는 녀석의 귀를 잡고-_- 방향을 조절해댔다.

오른쪽 귀를 땡기면 -_- 오른쪽으로 턴하고 왼쪽 귀를 땡기면 왼쪽으로 턴하는 나의 애마가 신기할 따름이다. ^^

“유환아. 난 니가 참말 좋아. 〉_〈”

“업어줄 때만-_-?”

“아니…. 내 토 치워줄 때도 좋고 ^^ 나 차비 없을 때… 데릴러 오는 것도 좋고…. 비올 때 우산들고 마중 나오는 것도 좋아….”

“마지막 라스트 질문!!!”

“응 질문해. 나의 애마야.”

“내가 왜 그런다고 생각해?”

“…음…. 너도 날 좋아하니까. ^-^”

“그래. -_- 그게 정답이다.”

업힌 채로 숙소까지 왔고 그 사이에 잠이 들었는지 일어나보니 아침 해가 이글이글 뜨겁게도 달구어져 있었다.

Lollipop 41

나만 빼고-_- 모두 집으로 갈 준비가 끝났구나. -_-;

서둘러 목욕탕으로 들어가 샤워를 마치고 가방을 들쳐멨다.

아쉬운 -_- 1박 2일의 여행도 여기서 끝이구나. ㅠ0ㅠ 남는 추억은 유환이 머리통 옆에다 토한 것 그뿐이로다. -_-

버스에 몸을 싣고 서울까지 아주 곤히 자고 일어났다.

"서울이닷. 〉〈"

모두들 -_- 피곤했는지 내 말에 대답도 안한 채 각자의 집 방향으로 서둘러 헤어진다. 민망하구나. -_-

"유환아."

"……."

"잼있는 여행이었지. ^-^"

"끔찍했는데?"

"어 그래. -_-"

그래도 새끼-_- 무거운 내 가방이 안쓰러웠는지 대문까지 가방을 놔주고 가버린다.

"엄마~!! 나 왔더. 〉_〈"

횡한 거실-_-;;

하긴 주말에 이 사이좋은 부부가 집에 있을 리가 없지. ^-^;

쇼파에 몸을 던진 채로 하루 해가 몽땅 져버렸다. -_- 그 뿐이 아니라 눈을 떠보니-_- 아침이니라….

학교에 가야지. -_- 암… 가야지. 난 학생이잖아. -_-^

하루가 왜 이렇게 짧은거야. 소설 한 편도 안 지났는데-_- 바로 다음 날이네…. 히힛. >_<

아침에… 비빅- 문자가 도착했다.

[나 아파서 못가겠다. 선생한테 잘 말해 둬.
-베스뜨푸렌 유화니-]

어…?

많이 아픈가?

아니면 어제 말타기 놀이를 너무 심하게 했는가? 웬만해선 학교에 꼭 오는 놈인데 심하게도 아픈갑다. -_-

우선… 지각이 눈 앞이니 하교길에 문병 가마.

서둘러 학교에 도착을 했고 연정이도 댄스도 모두 눈이 퀭한 것이 참으로 보기 안타까웠다. -_-;

짝없이 하루를 보내자니-_- 하루해가 무척이나 긴 듯이 느껴졌다.

1교시부터 4교시까진 아프다고 뻉치고 엎어져 잠을 청하고 아예 5, 6교시는 양호실에 가서 자버렸다.

양호선생님은 참으로 인기가 많은갑다. 여선생님들이 5분 단위로 바뀌어 들어와선 수다를 떨고 가는 바람에 도통 잠을 잘 수가 없다.

몇 가지 엿들은 이야기를 말하자면 모모 체육선생님이 자기를 찍었다는 둥, 학생주임이 변태 같다는 둥 _

역시 여자는 나이를 먹었든 안 먹었든 선생이든 학생이든 다 똑같다는 결론이 나온다.

교실로 터덜터덜 걸어 들어왔더니 모든 수업이 다 끝나고 종례까지 끝나고-_- 댄스와 연정이만이 날 기다리고 서있었다.

"엄머 애들아, 나 기다렸구나. 〉_〈"

"아닌데. -_-"

"에이… 거짓말. ^^;;;"

"가자 연정아…."

"어우야 같이 가. 〉_〈"

앞서가는 연정이와 댄스 뒤에 -_- 꼽사리 마냥 쫄랑쫄랑 붙어서 교문을 벗어났다.

교문앞에 살짝 떨어져 서있는 두 대의 자가용 _

하난 사교네 차고 _

또다른 하나의 차에서 어떤 중년의 아찌가 문을 열고 나왔다.

어?… 어디서 많이 본 사람인데…. -_-;;

누구더라…. 누구더라…? 아… 맞다!! 저번에 사교네 집에서 나오다 뵌… 사교네 아부진데…. 〉_〈

사교네 아버지는 내리면서 엉거주춤 _

댄스를 보고는 당황한 눈빛을 보이시더니 다시 차속으로 사라졌고 _

연정이는 우리에게 인사를 한 후 그 차로 뛰어가서는 낼름 탑승을 한다.

이게 어떻게 된 이야기야 -_-?

난… 나름대로-_- 추리를 하면서 사교를 슬쩍 바라봤다.

녀석은 내 눈빛을 보고는 눈을 찡긋하면서 ^-^ 아무렇지도 않은 듯 자기네 차속으로 사라진다.

부자 사이에 인사를 안 하는 것도 이상하고 -_- 연정이는 왜 그 차에 타버린거지…?

설마 _

에이~ 설마 _

연정이가 말한 그 원조교제의 상대가 사교네 아빠?

에이… 설마 말도 안 돼….

Lollipop 42

덩그러니 교문 앞에 혼자 남겨진 나는 오디로 가야하나 고민을 하다가 -_- 문득 아프다고 누워있을 유환이 생각이 났다.

달랑 주머니의 2000원의 금액을 확인하고는 택시를 잡아탔다.

"어서오세요~"

"안농하세요 기사아저씨. ^-^ 저희 동네로 가 주세요."

"아가씨 동네가 어딘데? -_-"

"아참참참 〉_〈 저희 동네는요… ^-^ 중앙닭발이 있는 동네랍니다…."

"알았어 학생. -_-"

아저씨는 왕년에 총알택시로 한몸 날리셨는지 딱~ 기본요금으로 우리동네까지 도착을 했다.

병문안 가는건데 쥬스 한 병이라도 사가야 하는 건 아닌가…??

슈퍼로 들어가서… 딱 짠듯이 남은 -_- 500원으로 2%를 사고는 유환이네 집으로 갔다.

'띵동~'

"누구세요!"

"병문안 왔는데요. ^-^"

"아윤이?!"

"강아윤인데요. -_- 들어가면 안 될까요?"

"훗… 들어와."

아픈 놈이 뭐 이래? -_-^

늘어난 티셔츠와 고쟁이같은 바지 바람으로 유환이는 날 맞이해댄다.

"아줌마는?"

"아픈 아들 놔두고 나갔어. -_-"

"응… 참!! 학교 못 온 거 축하해."

"죽을래? 그거 뭐냐. 고작 병문안 오는데 500원짜리 음료수 하나가 달랑이냐?"

"아!… 이거…?"

어쩐지 미안한 마음이 들어서는 난 음료수를 내 뒤로 감추고 _

"아냐!! 내가 먹을라고…. -_-"

하면서 녀석의 손을 무안하게 쳐버렸다. 히힛. >_<

"쳇 -_- 그럼 그렇지… 앉아라…."

"응 -_- 근데… 많이 아팠냐!! 왜 학교까지 안 오고 그래. -_-"

"어. 많이 아퍼. -_- 상사병이라고 들어봤냐?"

"쳇 -_- 사랑이 뭔지도 모르는 놈이 무슨 상사병. 꾀병이구나!!!"

"그런가부다. -_-"

"참, 유환아 나 배고파. -_-"

"디질래?"

"아니… 내가 차려 먹는다고. -_-"

부엌으로 조심조심 들어가선 이것저것 닥치는대로 배를 채웠다.

이놈은 손님이 왔는데 쇼파에 덩그러니 누워선 내 하는 짓을 한심하게 쳐다본다.

"유환아… 있잖아…."

"뭐…."

"오늘 교문 앞에서 이상한 일이 있었다…."

"무슨?"

"있잖아… 사교네 아빠가 오셨는데… 근데…."

"근데?"

"…아냐… 내가 잘못 본 거 같애…."

얘기를 하다보면 연정이가 해준 비밀이야기도 나올 거 같아서는 급히 얘기를 돌렸다.

비밀이라고 했는데… 비밀을 지켜야지. 그래야 비밀친구지. >_<

암… 강아윤은 비밀쟁이지 >_<!!

"뭐야… 무슨 얘기를 하다 말어…."

"아냐아냐…."

"싱겁긴…. -_-"

내가 먹다남은 빵 부스러기를 유환이가 주워들고는 먹기시작한다. -_-

"밥 안 먹었어?"

"응…. 오늘 눈뜨고 첨 먹는거야."

"아줌마는 아들래미 밥도 안 주고 어디 가셨지? >_<"

"몰라…."

아픈단 새끼가 담배를 물고는 이리저리 돌아다니네.

재빨리 녀석 근처로 뛰어가서는 _

점프!! 담배를 낚아채고는 히죽 웃어주었다.

"뭐하는거야…?"

"담배 많이 피면 -_- 정자… 정자꼬리 짧아진대. >_<"

"미친… 못하는 소리가 없어."

"친구 걱정되니까 하는 소리지. >_<"

"니 정자 될 일 없으니까 신경꺼. -_-"

"알았어. -_- 그럼… 니정자 주인 될 여자 앞에선 피지마…."

"미친…. -_-"

"히힛. >_<"

녀석과 말도 안되는 야한 농담을 나누고-_- 멍하니 앉아있는데 전화벨이 울린다.

따르르릉-_-'

"여보세요?"

"나 사곤데 어디냐?"

"유환이네 집. >_<"

"지금 나올 수 있어?"

"지금? 그래… 어딘데?"

"우리집. -_-"

"쳇, 알았어. 갈게…."

전화를 끊고 누구냐는 듯한 눈빛으로 말하는 유환이에게 사교라고 대답을 해주고 서둘러 가방을 들쳐메고 밖으로 나왔다.

내가 근데 지금 그 놈을 왜 만나러 가야 하는거지.

하면서 빨라지는 걸음걸이. -_-

Lollipop 43

댄스네 집으로 가는길 중간지점 쯤에서 비틀비틀 걸어오는 댄스와 마주쳤다.

"댄스!!!^-^"

"어… 아윤이네. ^-^ 어디 가?"

"너 만나러 가는 길이었잖아!! 너 왜 그래-_-? 술 먹었어?"

"응. 많이 마셨어…. 좀 많이 마셨다…."

"대낮부터 웬 술. -_- 어제 그렇게 먹고 또 넘어가드냐?"

"술술 잘 넘어가든데? ^-^ 안주도 없이… 나 단숨에 3병 마셔버렸어."

"미친 놈-_- 술 처먹었으면 잠이나 처 잘 것이지 왜 불렀어!!"

"그냥… 누구든 만나서 얘기 해야할 거 같아서…. 가슴이 터질거 처럼… 아프네. ^-^ 너 저번에 나랑 약속했잖아. 무조건 내 편 해준다고 했었잖아…."

"그랬나. -_-a"

"죽을래…?"

"아뇨아뇨. 〉_〈 전 무조건 당신의 편입죠. 〉_〈"

"…훗…."

비틀비틀 -_- 분명 지금 이놈의 눈에는 앞에 펼쳐진 길이 3개 아니 4개, 5개로 보일 것이 분명하다.

난 엉거주춤 놈의 뒤에서 불안불안한 넘의 걸음걸이를 지켜봤다.

“댄스 괜찮아?…”

“아니. 어지러워. -_-”

“넘어지겠다. -_- 좀 잘 걸어.”

“응. 넘어질 거 같애….”

하면서 은근히 내 어깨에 팔을 두르는 놈 _

취한 놈 가지고 뭐라 하기도 그렇고 해서 가만히 돌하루방의 자세를 취하고 녀석의 버팀목이 되었다.

“아윤아… 우리 어디 좀 앉자.”

“응….”

근처에 있는 작은 카페로 들어가 창가에 나란히 마주보고 앉았다.

유환이 말고는 이런 곳에 남자와 와 본 적이 없는 나로서는 적잖이 뻘쭘했지만 _

그렇지만-_-

놈은 지금 술에 완전히 취한 상태니까 굳이 신경은 안 써도 될 듯 싶었다.

“후… 나 녹차 마실래….”

“응 -_-…저기요!! 여기 녹차랑 오렌지 쥬스 주세요.”

“하… 좋다. 내 편 생기니까 든든하네…. 좋네….”

“뭔데… 빨리 고민을 말해봐. 누나가 싸악 해결해 줄게. ^-^”

“지랄하네. 내가 술 취했다고 니 동생이 되냐?”

"아니. -_-"

"아… 내가 지금 하고 있는 짓이 잘 하는 짓인지 고민된다."

"왜…?"

"연정이 말이야… 연정이… 어떤 애 같애?…"

"니 애인을 왜 나한테 물어? -_- 썩을 놈."

"훗… 내 애인… 애인. ^-^"

"-_-"

"우리 꼰대 봤지? 오늘도 학교 앞에서 봤잖아."

"꼰대가 뭐냐? -_- 아빠라고 해!!"

"그 사람이 연정이랑… 만나는 사람이야. 나 어떻게 해야하냐? 어떻게 해야… 잘 하는 짓이냐…?"

난 눈치 채고 있었어, 사교야. 혹시나 했던거지.

그럼 그 복수의 타겟을 연정이로 잡은거니?

"너… 설마…."

"니가 생각하고 있는 게 맞아."

"사교야…."

"어? 내 이름도 부를 줄 아네. ^-^"

"너… 그러지마…. 연정이한테… 잔인한 짓 하지마…. 연정이는 진심으로 너 좋아해…. 아니 좋아… 할거야."

"아니. 더 잔인해져야 해…. 그래야… 내 계획이 맞아 떨어져…."

"사교야…."

“나… 존나 잔인한 새끼야…. 나쁜 새끼야…. 그래도… 넌… 내 편 해줘야 해…. 그랬으면 좋겠어.”

“…….”

난 달리 할 말을 찾지 못하고 당황스러움을 감추지 못했다.

어떻게 하라는거야. 어떻게 이런 일이 내 주변에서 일어나는 거야. 그리고 그 당사자들은 내 소중한 친구들인데….

차라리 안 들었으면 좋았잖아. 몰랐으면 좋았을텐데….

갑자기 내 앞에 비틀비틀 앉아있는 사교가 무서워지기 시작했다.

필름처럼 돌아가는 연정이의 환경들 _

Lollipop 44

“사교야… 일어나봐…. 집에 가자.”

“어….”

일어난다고 아까부터 열 번도 더 말한 사교는 12개 째의 담배를 입에 물고는 내 말을 무참이 무시해버린다.

“아윤아… 강아윤….”

“응….”

“앞으로… 내가 하는 짓들 보고… 나 피하지마…. 나 욕하지 말아줘…. 우리 엄마만 보면… 난 죽을 거 처럼 심장이 아파…. 그러니까… 나 이해해 줘야해….”

“알았어…. 일어나자 사교야.”

“그래….”

아까보단 술이 조금은 깼는지 약간은 밝아진 얼굴로 녀석은 깔끔히 계산을 하고는 밖으로 나와 내 머리를 부시시 헝크러트리고 저벅저벅 넘의 집 방향으로 사라져갔다.

가슴이 답답해져온다.

녀석의 처진 어깨를 보니 마음이 싸~ 해져온다.

후~~

뚜벅뚜벅 동네까지 걸어오니 멀리 유환이의 모습이 보였다.

저놈은 또 왜 나왔대. -_- 아프다는 놈이….

“유환아. >_<”

“이제 오는거야?”

“응. ^-^ 어디 가?”

“담배 사러….”

“같이 가자. ^-^”

“그러든지….”

쫄래쫄래 슈퍼까지 따라가서 쭈쭈바 하나를 얻어물고-_- 녀석의 옆에 붙어서 걸어왔다.

“유환아… 있잖아 나쁜 짓 하려는 못된 녀석이 있는데 난 그 녀석이 무슨 장난을 치려는 지 다 보인다. 근데도… 그 아이가 밉지가 않아. 그리고… 그 아이도 내가 모른 척하고 비밀을 지켜주길

원해…. 그럼 어떻게 해야하지?"

"무슨 소리야?"

"내가 말한 그대로야…."

"음… 그 사람이 사교야?"

"아니. 아니야 그냥 아는 애…. 넌 모르는 애야."

"그냥 모르는 척 해…. 니 맘은 이미 정해진 걸로 보이는데."

"그런가…. 내 맘은 이미 다 정해져 있을까?"

"응…. 니가 그 녀석을 많이 아끼는 거 같다."

"응, 좋아. 엉뚱하지만 참 좋은 애야…."

"그래."

말없이 담배를 무는 유환이 _

온통 내 주변은 담배질쟁이들 뿐이로구나.

난 아마도 간접흡연으로 수명이 10년은 단축될 거 같다.

쭈쭈바가 다 동날 때 쯤에서야 유환이는 우리집 대문에 붙어있는 벨을 눌러주며 _

"강아윤…."

"응 -?"

"너무 멀리만 보지마. 너무 멀리만 보지말고 가까운 곳도 좀 둘러봐…."

"무슨 소리야? -_-"

"가까운 곳도… 쳐다보란 얘기야…."

"뭐래? -_- 쭈쭈바 잘 먹었다. 잘 가 유환아. >_<"

"잘 자라…."

사라져가는 유환이 _

오늘 여러 명의 뒷모습을 본다. -_-

근데 우리 유환이 정말 많이 컸네. 휘청휘청 꾸부정한 자세가 될 정도로 많이 커버린 유환이의 뒷모습을 멍하니 지켜봤다.

"삐… 빅… 삐-…. 어서 안 들어오고 뭐해!!!"

라는 -_- 대문의 스피커 소리를 듣고는 서둘러 집안으로 들어섰나.

"강아윤, 너 요새 뭐하고 다니길래 맨날 이렇게 늦어!"

"엄마보단 덜 바빠요. -_-"

"뭐라구? 다시 말해봐."

"엄마보단 덜 비즈니스하다고. -_-"

"일루 와봐…."

"잘 자요…."

방문을 굳게 잠가버리고 교복 채로 침대에 몸을 날렸다.

자꾸만 사라지지 않는 사교의 뒷모습 _

많이 지켜서 힘들어 보이는 녀석의 어깨 _

힘들어 하지마라, 녀석아…. 그래!!! 누나가 니 뜻대로 철저히 니 편 해줄게.

맘속으로 니가 불행하지 않게 해달라고 기도할게….

힘내. ^_^

Lollipop 45

며칠동안 미친듯이 비만 토해내던 하늘이 이젠 지쳐버렸는지 뜨거운 빛을 토해낸다.

하늘… 넌 변덕쟁이야. -_-;

터벅터벅 학교로 가고 있는데 분위기가 조금 이상하다. -_-;

왜 나만 반팔을 입은 느낌일까나!!

맞다. -_- 오늘부터 춘추복 입으랬는데;; 깜빡깜빡했구나…. 〉_〈

운동장에서 10바퀴만 뛰어주면 되잖아, 되는거잖아. ㅠ0ㅠ

화이팅!! 〉_〈 헐레벌떡-_- 10바퀴를 돌고 근육이 풀려버린 다리를 끌고 교실로 헉헉대며 들어왔다. -_-;

"하이 유환쓰. -_-"

"너 얼굴이 왜 그러냐…?"

"모가 모모모모. -_-"

"운동장 뛰었어? 훗… 하복 입고 왔네…."

"쳇-_- 아침에 말 좀 해주지. 지 혼자 멋있구나!!-_-!! 춘추복 혼자만 입으니까 좋더냐…?"

"왜 나한테 화풀이야. -_-"

"나도 몰라. ㅜ0ㅜ아… 힘들어."

"훗…."

내 자리에 올려져있던 녀석의 가방과 필통과 연습장을 거의 던지다시피 줘버리고는 심통질을 해댔다.

그때 뒷문이 드르르륵 열리고 나보다 얼굴이 더 빨개져서 씩씩대고 들어오는 댄스_

니놈도 하복이구나. -_-어쩐지 동질감이 느껴지고 야릇한 희열감도 들었다.

"둘이… 똑같네. -_-"

중얼거리는 유환이_

"유환아…."

"왜."

"나 숙제 보여줘. -0-"

"숙제 있었냐 -_-?"

"에라 모르겠다. -_-"

분명 수학숙제가 있었던 거 같았는데 베끼기도 귀찮고 필통을 안 가져왔다는 말도 안되는 핑계거리를 만들고는 잠을 청했다.

유환이가 쿡쿡 찔러서 일어났더니 저기 1분단 앞부터 돌아다니면서 숙제검사를 하고 있는 수학선생님의 모습이 눈에 들어왔다.

"야… 유환아 우리 어떻게 하지?"

"뭘?"

"숙제 안 했잖아. -_-"

"내가 니 노트 봤는데 해놨던데? 치사한 인간 혼자 해왔냐!!"

"증말? 아닌데…. 했을 리가 없는데…."

서둘러서 수학노트를 찾아 열어봤더니 신기하게도 참말로 말끔하게 숙제가 되어져 있었다.

우와우와우와+_+

내게도 우렁이 각시처럼 수학풀이 신랑이 생겨버린걸까. ^^;;

"유환아… 증말이네. 이거 내가 한 거 아닌데 증말 숙제 되어있네…."

"…훗…."

"너도 어서 이거 베껴."

"시간 모질라. -_-"

"어쩌지. ㅠ0ㅠ…"

"상관없어…."

선생님은 우리 자리까지 도착을 했고 숙제를 안 해온 유환이는 복도행쟁이가 되어버렸고 난 칭찬쟁이가 되어버렸다.

샌님은 연신 내 풀이 과정이 너무나 창의적이라며 놀라움을 금치 못했다.

아 쑥스럽다. -_-;;

아무래도 내 수학풀이 신랑은 참말 진정 수학쟁인가봐. 〉_〈

한 시간 내내 내 칭찬으로 가득찼던 수학시간이 끝났다.

선생님이 나가시고 빵을 먹으러 가자며 다가오는 연정이 _

"유환이 아직도 복도에 있는 거야?"

"응, 그런가봐."

"이상하다. ^^ 아까… 숙제하는 거 내가 봤는데….^^"

"정말…?"

"응…. ^^"

"안 했다고 했는데…."

"넌 숙제 언제 했어?"

"저절로 되어 있었어. -_-"

"그럼… 유환이가 니꺼 해준거네…."

"어…?"

녀석이 내 숙제를 대신…?

유환이와 내가 아무리 친하고 서로를 아낀다해도 우린 이런 닭살스런 짓은 절대 하지 않는다. -_-

서로를 놀리며 커져가는 우정을 발견하곤 했었는데 녀석이 내 숙제를 대신 해주고 복도행을 명 받았다고…?

유환이가 왜 그랬지…?

그렇게까지-_ - 인정머리가 있는 놈은 아닌데.

연정이와 나란히 뒷문을 열고 밖으로 나왔더니 녀석은 사라지고 없었다.

"유환이 없네. -_-"

"히힛. 아윤이는 좋겠다. ^^"

"뭐가…?"

"바보바보."

"-_-…."

Lollipop 46

우물우물 연정이와 벌써 빵 한 개씩을 해치우고 새우깡을 뜯어서 우물우물 거리는 중이시다. -_-;

"새우깡 보니까 그 생각나.-_- 댄스 새끼가 우유에 말아놨던 거."

"하핫… 우리 사교 귀엽지. ^^"

"우리 사교-_-?"

"응. 우리 사교. ^^"

"우엑 -_-;; 뭐가 귀엽냐. 징글징글하지."

"부러우면…. 너도 하나 만들어. ^-^ 음… 우리 유환이 어때?"

"-_- 닭살돋아…. 유환이랑 나랑 엮지 말아죠."

"왜?… 넌 유환이 싫어?"

"유환이 좋은 놈이지만!! 우리 유환이는 오바당. 〉_〈"

"하핫… 우리 둔한 아윤이. ^^ 유환이가 그 말 들으면 서운하겠다…."

"너 아까부터 자꾸 이상한 소리하는데 유환이가 들으면 난리난다. 허튼 소리 하지마, 연정아. 〉_〈"

"아윤아, 너 정말 모르는거야, 모르는 척 하는거야?"

"뭐가? -_-"

"유환이가… 너… 좋아하잖아."

"켁… 누가 그래!!"

"너만 모르는 거야. -_-"

"말도 안 돼…."

정말 말도 안 돼. -_-

내가 단무지 하나만 더 먹어도 난리치는 녀석이… 날?

하하하하하 -_-하하하하하

어이없어….

그럴 일도 없거니와 만약 그렇다 해도 나한테 유환이는 그냥 유환인데 그저 너무 좋은 친구일 뿐인데….

괜시리 실없는 연정이의 추측 때문에 이거 혼자 고민하게 생겨버렸다.

어색해지면 어떡해. 〉_〈

유환아 엉뚱한 이유로 널 엮어서 미안해미안해. 〉_〈

아우~~ 닭살 닭살… 소름 끼치잖아. 히힛_

교실로 올라왔더니 어느새 나타나 정석을 베개 삼아 자고 있는 유환이의 모습이 눈에 가득찬다.

"야… 일어나봐."

"자잖아. 깨우지마…."

"물어볼 게 있어."

"뭐."

"수학 숙제… 니가 해 논 거야?"

"아니, 돌았냐?"

"너 아까 숙제하는 거 연정이가 봤다는데…?"

"쓰다가 망쳐서 찢어버렸어."

"증말?"

"어…."

"이상하다…. 그럼 누가 해놨지? 사교가 해놨나? 하하."

"……."

다시 고개를 돌리고 잠을 청하는 유환이 _

괜시리 물어봐서 쪽 팔리네.

그럼 그렇지. 암! 그렇고 말고.

근데 사교가 그런 거 해줄 놈이 아니잖아!!!!-_-!!!!!

누굴 바보로 아나….

난 서둘러 내 노트와 녀석의 노트를 펴놓고 열심히 글자모양을 살폈다.

맞구나…. 유환이가 해논 게 맞아. 그럼… 정말 니늠이 나를?

아니야, 아니야…. 그럼 안 돼. >_<

그럼 난 좋은 친구를 한 명 잃어버리는 거란 말이야. 그러고 싶지 않단 말이지. >_<

종례시간까지 난 연습장을 꺼내놓고 이상한 정체불명의 낙서질을 해댔다.

나름대로 짱구를 그린건데 유환이는 그 그림을 보고는 외계인이란다. -_-

리얼 미술실력을 못 알아보는군. -_- 흠흠….

종례를 마치고 유환이와 집으로 가면서 괜한 상상 때문에 어색함이 느껴졌다.

착각이 심하면 병인데…. 게다가 난 공주병도 아니고 헛다리 짚었다가 다리병신 되는 거 아니야.

고만 해야지. STOP!!STOP!!

"강아윤… 너 아까부터 왜 그러냐…?"

"뭐가…."

"왜 기분 나쁘게 흘끔흘끔 쳐다봐?"

"내가 언제!!"

"계속."

"안 그랬어!!"

"아님… 말고…."

눈치는 하여간 존나게 빨라요. -_-

녀석의 지적이 들어오고 난 후부터 난 앞만 보며 걸었다.-_-

Lollipop 47

오늘은 데려다주지 않을 참인가, 아니면 내 눈길이 기분 나빴나. -_-

지늠 집 앞에서 빠빠이-_ - 손을 흔들며 나보고 어서 어서 니네 집에 가라는 듯한 눈빛을 던진다.

"왜 안 데려다 줘-_-?"

"집이 코 앞이야. -_- 그냥 가."

"그래. -_- 치사뽕아 안녕."

"야… 앞으론 흘끔 거리지마."

"안 쳐다봤어!!!"

"섹시하지도 않은 게 그런 눈빛 쏘면-_- 불길해져."

"뭐야. -_-^"

"잘 가라…. 땅꼬마야."

"쳇-_- 이래뵈도 나 평균 신장이야. 니가 오바스럽게 큰 거야."

"너 안 가냐? 좀 가라."

"흥. -_-"

그봐…. 이것봐. -_- 이런 애가… 날?

우하하하하하 -_-하하하하_

잠시나마 내 어이 없는 상상이 부끄럽기 그지없다.

내 상상에 녀석에게 살짝 미안함이 풍겨서 가는 길에 문자를 보냈다.

[유환아 나 오늘 디따 웃긴 상상했어.
니가 나 좋아하는 주 알았잖아. -_- 미안해. …]

-메세지를 성공적으로 보냈습니다-

잠시 후에 온 답장 _

[……하하-_-…]

녀석의 문자속에 숨어있는 이모티콘을 보고는 불끈 부끄러져왔다. 하핫. -_-

그치만 아까 연정이가 말했던 우리 사교라는 말-_- 부럽긴해.

난 언제쯤이나 우리 자기란 말을 해볼 수 있을까나.

그날 티비 앞에 앉아 나오는 남자 연예인들 이름을 죄다 불러봤다.

우리… 명수…(박명수)

우리…호동…(강호동)

우리…기성…(배기성)

오늘따라 잘 생긴 남자는 한 명도 나오질 않는구나. -_-;;

이게 나의 운명이라면…. ㅜ_ㅜ

그때 문자가 삐빅하고 왔다.

[모하나!] -댄스

[강호동하고 우리 자기 놀이한다. 왜. -_-]

[병신-_- 끝]

끝!!-_-!!!

뭐야….

할 일 없고 불쌍한 강아윤. -_-;;

텅빈 집에 엄마도 없고 가뜩이나 넓지도 않은 우리집이 꽤나 넓게 느껴진다.

이럴거면 동생이나 하나 낳아 주던가 하지 왜 덩그러니 나만 하나 낳아 논 거야….

아! 심심해…. 아!! 심심해.

이 방 저 방 들락달락거리며 놀이거리를 찾아다녔다.

그러자 문득 눈에 들어오는 테이블 위의 하얗고 날씬한 _

담배. -_-…

아빠가 어쩐 일인지 개봉해 놓고 두고 간 담배가 눈에 들어왔다.

사교도 유환이도 맛있게 먹는 구름과자 _

나도 한 번 펴볼까나 -_-?

살짝… 섹시하게 뻗은 하얀 담배를 입에 물고… 가스렌지 불로 불을 붙였다.

와… 신기하다. -_-

쭈욱……

연기를 마시고 _

엥 -_-? 난 왜 기침이 안 나지? 다들 처음 담배를 입에 물었을 땐 콜록콜록 기침을 하던데…. -_-

난 너무나 능숙하게 연기가 몸속으로 빨려 들어가는 걸 느낄 수

있었다. -_-

뭐야…. 뭐가 이렇게 싱거워…. 그동안 간접흡연으로 너무나 달련 되어서 그런가. -_-

어이없게도 난 첫 담배를 아주 맛나게 아무 느낌 없이 쭉쭉 빨아 펴버렸다.

어쩐지 거울에 비친 내 모습이 멋드러져 보인다.

이래서 이놈들이 그렇게 흡연을 했군. -_-;

Lollipop 48

담배 한 개비를 너무나 아무렇지않게 펴버리고는 싱겁게 비벼끄고 있는 순간_

'띵동-띵동-'

헉-_-!!!

아직 냄새가 온 천지에 진동이거늘 누가 온 것일까.

제발 제발 엄마나 아빠만 아니기를…. ㅠ0ㅠ..

그치만 이집엔 딸랑 아빠, 나, 엄마 이렇게 사니까 90%확률 이잖어. ㅜ0ㅜ

"누구세요…. ㅜ0ㅜ"

"엄마야!! 문 열어!!"

"엄마 잠깐만…."

후다다다닥 에프킬라를 찾아서 -_-; 사방팔방 연신 뿌려댔다.

"들어와…."

"문을 왜 이렇게 늦게 여니…?"

"응. 하하. ^^ 모기가 많네…."

"가을인데… 무슨 모기…."

"하하하하 -_-하하하하하하하하하하."

"얘가 왜 이래. -_-"

엄마 무사통과. 휴휴~~

다음 아버지 무사통과. 후후~~ 가 아니고_

약 30분 경과 후_

"담배… 5개비 있었는데 4개 밖에 없네…? 여보!! 당신이 내 담배 폈어?"

"자기!! 미쳤어!!!!!-_-!!!!!"

쿵덕… 쿵덕… 쿵덕…

심장이 두근반 세근반… 두근두근…ㅜ0ㅜ

"우리가족 -_- 은 딸랑 셋인데 당신이 아니면 누구지?"

"아윤이한테 물어봐. 잠깐… 뭐라고-_-? 강아윤!!!"

난… 이제… 죽었구나…. ㅜ0ㅜ

자는 척을 해볼까나 하는 마음에 이불을 머리끝까지 뒤집어 쓰고 누워있었는데 이불과 함께 내 속옷까지 뒤집어 까발리며 엄마의 잔소리가 시작되었다.

이년이 여태 고이 키워 놨더니 궁시렁궁시렁~~

못 된 년은 어릴 때부터 싹이 보인다더니 궁시렁궁시렁~~

잘못 된 싹은 어릴 때부터 잘라 놔야 한다더니 궁시렁궁시렁~~

너무나 나 답게 담배 첫 경험 첫날. -_-

떳떳히 걸려 버리고 잠옷 바람으로 집에서 쫓겨나 버렸다.

외동딸이라는 타이틀은 내가 이미 5살 때 버려버린 명확한 진실이다. -_-;

굳게 닫힌 대문. -_-

하얀빛이 유난히 누렇게 떠보이는 노랑 조명. -_-

남들은 이런 멋들어진 조명 아래서 첫 키스 등등을 한다던데 난 남편도 아닌 엄마에게… 정확히 엄마에게 소박을 맞아버렸다.

내일 학교도 가야 하는데 교복 쯤은 싸서 내보내야 하는 거 아닌가. -_-;

핸드폰도 없는데-_-; 이 기나긴 하룻밤을 어디서 보내야하나.

우선-_- 공중전화를 찾아야해.

요새는 다들 핸드폰이 있어서 전화기 찾기도 쉬운 일이 아니다.

터벅터벅…… 골목 어귀에 있는 전화박스를 찾긴 했는데 죄다 카드 전화기네…. 제길. -_-;;

참고로 난 지금 이쁜 리본이 달린 잠옷을 입고 있다.

누루죽죽 -_-너덜너덜…

이제부터 구질이 아윤이라고 불러주세요. ㅜ0ㅜ…

전화기에 사람이 찾을 때까지 10여분 가량을 기다리고 서있었다.

드디어 도착한 내 나이 또래 쯤의 한 사내_

그놈은 한 10분 가량의 통화를 마치고 전화박스 밖으로 나왔고 난 최대한 불쌍한 표정을 지으며_

"저… 저기요…. 카드 좀 빌려주세요…. ㅠ0ㅠ"

"다 썼는데…. 20원 남았는데…."

"그거라도 빌려주세요…. ㅜ0ㅜ"

넘은 아직 몰랐는갑다. ^-^ 20원이 남았 건 10원이 남았 건 카드에 남은 최소의 돈으로 한 통화는 가능하단 사실을_

아자리 봉봉. -_-;

그 정체불명의 남자아이를 보내고-_-+ 난 그 카드를 받아들고 나의 하나 뿐인 친구 -_-+ 유환이의 핸드폰으로 전화를 걸었다.

"여보세요…."

"유환아, 지금 시간 없어!!! 바로 끊긴다. 어어… 여기… 우리 동네 어귀에 있는 전화박스야…. 뚜뚜뚜---."

으악……. ㅜ0ㅜ

끊겨버린 전화_

외로이 남겨진 노란 잠옷의 구질이 아윤이_

어려서부터 종종 이런 일이 있었던 나는 우리 부모의 모질함을

익히 잘 알고 있다.

이대로 집으로 컴백한다 하여도 절대 문 열어 줄 부모가 아니다. –_–+

아마 딸이 없는 틈을 타서는 더더욱 긴 만리장성을 쌓으시겠지. –_–;;

만리장성 이름 오늘부터 수정이다. –_– 백만리장성으로. –_–;

잠시 후 _

다다다다다닥……

멀리서부터 들려오는… 광명의 소리. –_–

그 이름도 찬란한 가유환씨 등장이요!!!ㅜ0ㅜ!!!

Lollipop 49

"유환아!!!"

"헉… 헉… 너 뭐야…."

"유환아…."

급하게 뛰어오는 녀석의 눈코입을 확인하고 나니 안심 반, 서러움 반….ㅜ0ㅜ

그렁그렁 눈에 눈물이 차오르기 시작했다.

어릴적 쫓겨났을 때는 그냥 쫓겨났는 갑다 하고는 녀석의 어머니의 가슴을 만지며 잠들곤 했었는데 나이가 먹고 머리에 피 좀 마르고 나니 이런 상황이 너무나 어이없고 서러웁다.

"강아윤… 너 뭐야…. 지금… 잠옷이야?"

"응응…."

"무슨 일이야!!! 무슨 일 있어?… 설마 또 쫓겨난거야?"

"응…. ㅜ0ㅜ 엉엉엉…."

"씹… 깜짝 놀랬잖아. -_- 별 일도 아니네. 그냥 우리집으로 오지 전화는 왜 해."

"창피하잖아.ㅜ0ㅜ… 내 새 잠옷 니가 본 적도 없는데 이런 차림으로 찾아가면 너 놀랠텐데…. ㅜ0ㅜ…"

"이번엔 또 왜 혼났어!!"

"담배 피다가 걸렸어…. ㅜ0ㅜ"

"-_-……하하하하하하하."

고개를 젖히고-_- 머리를 쓸어넘기며 미친 듯이 웃어 재끼고 놈이 하는 말은_

"안 걸리게 폈어야지!!!"

고작… 이거였다. -_-;

그리고 한참 후-_- 내 머리를 콱 박더니만_

"그딴 거 누가 하래… 엉?"

"너도 하는 걸… 나라고 왜 못해…. ㅜ0ㅜ…"

"난 남자고 넌 여자잖아!!!"

"그런 게 무슨 상관이야…. ㅜ0ㅜ"

"상관 있지!!!-_-!!!! 담배피면 정자꼬리 짧아진다며!!"

"난 정자 없는데…. -_-"

"그러냐 -_-?"

"응…. ㅜ0ㅜ…"

"그럼 펴라. -_-"

"야!!!"

"-_-"

따라오든지 말든지 라는 표정을 지으며 홀라당 먼저 앞서서 지 늠집으로 향하는 썩을 새끼_

물론 -_- 나도 뒤따라 걸었다.

한참 걷다가 멈춰서서 지가 입고있는 남방단추를 풀러서는 내 허리에 둘러 매준다.

허리가 끊어지도록 쎄게. -_-;;;;

"흰옷이라 팬티 비친다. -_-"

"고마워. -0-"

니늠 걱정이나 하지.

하얀티셔츠 사이로 젖꼭지 비치는데…. 너는. -_-;

녀석의 집에 도착하고 아줌마 아저씨는 모두 취침을 하셨는 지, 방에서 만리장성을 쌓으시는 지 참으로 조용했다.

"내 침대에서 자…."

"너는. -_-"

"난 쇼파에서 잘 거야…. 잘 자라."

"유환아…."

"왜."

"아냐…. 잘 자. ^-^"

"베개에 수건 놓고 자. -_- 비듬 떨어져."

"알았어. -_-;"

놈은 발수건으로 추정되는 구질구질한 수건을 베개 위에 놔주고는 내 머리통을 쑤셔박아주고 밖으로 나가버렸다.

음메-_- 냄새 징하고만요. @_@ 오랫만에 누워보는 녀석의 침대라 그런지 알싸하니 기분이 묘루퉁했다.

내 신세 하고는…. ㅜ0ㅜ 외동딸이건만 세상에 핏줄이라곤 나 하나 밖에 없을 부모들이건만 내가 어디서 자고 있을 지 걱정은 될까…?

한참의 시간이 흘렀지만 잠은 오지 않았다. 나가서 유환이 발바닥이나 간질러볼까나 -_-?

뚜벅뚜벅뚜벅…

내 방쪽으로 누군가 다가오는 소리가 들렸다.

"아윤아… 자?"

안 자아--.

근데 자는 척 할꾸야. >_<

"자냐?"

"드… 르렁… 드르렁…."

"훗… 코까지 고네…."

"새근… 새근…."

"……."

하며 한쪽 침대가 꺼지는 느낌 _ 아마도 녀석이 걸터 앉은 듯 싶다.

"아윤아…."

"……."

"아윤아 나 할말 있어…. 해야겠는데 용기가 없다. 알잖아…. 나 단무지 하나 가지고도 너 엄청나게 구박하는 거. 그렇게 소심한 새끼라 말할 용기가 없어. 아니… 니가 나 거부할까봐 무섭다…."

무슨 소리야….

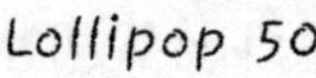

유환아 지금 무슨 소리 하는거니!! -_-;

심장이 두근두근….

지금 두 눈을 번쩍 떠버리고 나 안 자. ^-^ 라고 말해야 하는데 내심 녀석이 무슨 소리를 할 지 궁금해져서는 두 눈을 더욱 꼬옥 감았다.

"넌… 꼭 물 같애. 잡으려고 꼭 움켜 잡을수록 손에서 빠져나가는… 물…."

"……."

"그 물을 잃고 싶지 않아. 그러려면 더욱 느슨히 잡고 내 손바닥 위에 모으려고 하잖아. 잡으면 이미 멀리 빠져나가 있으니까…"

내가… 물 -_-?

기왕이면 생수로 해주라. -_-

가만가만… 그러니까 니 말은 소유하고 싶은 너만의 물이라고 날 생각한다는 얘기지?

며칠 전 내가 착각이라고 생각했던 그 엉뚱했던 상상이 사실이란 말이지.

심장이 미친 듯이 두근대고 난 어찌할 바를 몰라서 고개를 돌리고 베개에 얼굴을 묻었다.

유환아… 당황스럽다.

한번도 널 친구 이상으로 생각해 본 적 없는데 니가 말하는 대로 그렇게 생각해 버리면 그동안의 내 철없는 행동들이 너무 미안해지잖아.

"내가 다른 모습으로 너한테 한 발짝 다가서면… 넌 두 발짝 물러 설거고 내가 두 발짝 다가서면… 넌 세 발짝 물러 설테니까… 내가 할 수 있는 일은 그 자리에 서서 니가 앞서거니 뒷서거니 하는 걸음을 지켜봐 주는 거야…."

계속 이어가는 유환이의 중얼거림_

싸~~ 해져오는 심장_

차라리… 차라리… 내가 눈을 번쩍 뜨고 있을 때 말해줬으면 좋았을텐데….

이미 난 다 들어버렸잖아. 앞으로 어떻게 니 얼굴을 보니. ㅜ0ㅜ

더 이상 녀석의 말을 들을 자신이 없어서 뒤척뒤척… 잠에서 깨어나는 척을 했다.

부시럭~~ 부시럭~~

살짝 눈을 뜰 찰나 녀석은 살짝 놀란 눈빛으로 날 내려다 보고는 _

"잠버릇이 뭐 그따구냐. -_-"

하며 나가버렸다.

그래 그게 넌데…. 나한테 가유환은 그런 사람인데….

아오~ 당황스러워.

거울을 보고 머리를 매만지고는 _

"유환아… 나 아무래도 집에 가봐야겠어. 엄마가 걱정할 거 같애…."

라고 말하고는 현관문을 열었다.

가 봐야 대문도 안 열어 줄텐데….

어쨌든간에 녀석과 한 집안에 있을 자신이 없어서 서둘러 나왔다.

시원한 가을밤 공기 _

여전히 잠옷 바람의 나는 항상 눈 감고 엄마를 외치며 뛰는 하니처럼 두 눈을 딱 감고 집까지 달렸다.

Lollipop 51

집까지 달려와서는 대문을 혹시나 하고 열었더니 _

엄머나 -_-;; 홀라당 열리는 것이다.

이 부모들이 깊이 뉘우치고 있나.

살금살금… 거실로 들어왔더니 모든 불은 이미 다 꺼져있고;;;; 어두움 속에서 더듬더듬 내 방을 찾아 들어갔다.

옴마나 +_+ 방문에 붙어있는 작은 쪽지 _

사랑하는 내 딸아

엄마는 우리 아윤이가 환하고 밝은 길로만

이쁘게 걸어갔으면 좋겠구나.

켁-_-; 내가 뭐 언제는 어두운 길을 헤맸나. -_-

어찌되었든 참말 쫓겨난 것이 아니라 다행이다. ┬0┬…

침대로 골인!!!!-_-!!!!

…음냐…

복잡해 머리속과 가슴속이 터질 것만 같구나…. ┬0┬…

유환아 왜 그런 말을 해서는 날 이토록 혼란스럽게 만드니. -_-

밤새도록 뒤척뒤척 거렸다.

잠시 잠들었을 땐 유환이가 검은 옷을 입고는 날 향해 도끼를 들고 오는 꿈으로 괴로웠다…. ┬0┬…

으악으악으악~~ >_<

아침에 일어나 거울을 봤더니만 _

어머나 세상에 웬 사탄 한 마리가 으르렁대고 있는 주 알고 깜짝 놀래버렸다. -_-;

"거울아~ 거울아~

어떻게 했으면 좋겠니….

난 어떻게 해야할 지 모르겠구나.

입이 달렸다면 제발 대답 좀 해죠."

'주인님이 세상에서 제일 이쁩니다.'

켁-_- 이 미친 거울 _

대답이 왜 그따구니!!-_-!!

내가 예쁘냐고 물어본 거 아니었는데 _

넌… 한 가지 대답 밖에 할 줄 모르는 거니.

그럼 그동안 난 너한테 계속 속고 살았던 거니. -_-

순수의 왕국 속에서 허우적대는 귀여운 딸래미에게 꿈을 깨주는 소리 _

"강아윤 밥 먹어!!"

"눼. -_-"

식탁에 나란히 앉은 아부지와 나 그리고 엄마. -_-

이 부부-_- 어제 일은 모두 다 잊어버리셨는지 눈길 한번 주지 않고 밥만 들이킨다.

다행이지 뭐. -_-

아침 밥상에서 부터 잔소리하면 나도 짜증, 아빠도 짜증, 엄마도 짜증 일테니까….

눈이 퀭해진 내 모습을 다시 한번 봐 주고는 대문을 나섰다.

후… 후… 학교에 가는 길은 항상 내키지 않았지만 오늘따라 더 해. 유환이 얼굴을 어떻게 봐.

하지만 생각보다 별로 큰 일은 아니었다.

유환이 놈은 어차피 내가 어제 얘기를 들은 지도 모르고 있을테니 나만 멀쩡히 행동한다면 이 모든 일이 감쪽 같이 숨어 버릴테니…. 케케. ┯0┯

교실엔 나보다 먼저 등교한 사교와 연정이와 유환이가 빙~ 둘러 앉아 수다를 떨고 있었다.

"애들아, 안녕!! -_-"

"푸하하하하하 너 눈이 왜 그래. ^-^ 물에 퉁퉁 뿔은 개구리같애. -_-"

"댄스!! 시끄러워. -_-"

내 마음 상태도 모르는 댄스는 연신 날 따라다니며 개굴개굴개굴 소리를 짖어댔고 그 모습이 재밌는 듯 연정이는 입을 다소곳이 가리고 웃고 있었고 유환이는 언제나 그렇듯이 재수 없는 웃음을 보이며 한쪽 눈썹을 찡끗찡끗 올리고 있었다.

넌 아무렇지도 않잖아? -_- 괜히 나 혼자 오바한 거니…?

그래 강아윤!! 너… 오바양. 〉_〈

나도 아무렇지 않기 위해 노력 해야겠다. 굳게 다짐을 하고는 유환이에게 다가가_

"눈꼽 꼈어. -_-"

라고 한마디 해줬다. -_-V

"웃기네. -_-"

"나 웃겼어 -_-?"

"아니. 저질 개그 하지마."

"미앤. -_-"

Lollipop 52

수업시간 내내 난 녀석을 볼 자신이 없어서 고개를 숙이고 낙서와 독서로 스스로 마법을 걸었다.

어색해 하지 말자. 넌 모르는 거야, 강아윤. 자연스럽게~ 자연스럽게~

그런 내 모습이 조금 이상했는 지 녀석이 살짝 한번씩 나를 쓰윽 쳐다보는 게 느껴졌다.

"야, 강아윤."

"응…?"

"너 책 읽는 거 태어나서 처음 본다."

"아~ 그래…."

"왜 고개를 그렇게 숙여…. 나한테 뭐 죄졌어?"

"아니아니아니."

"야… 너 혹시…."

"……."

"혹시나 해서 물어보는 건데… 어제 내가 하는 소리 들었어?"

"어?… 무슨?"

"아냐… 됐어…."

들었어!! 들었어!!! 덕분에 아주 혼란스럽다구!!

녀석은 수업시간 임에도 불구하고 손을 버쩍들고 _

"샌님!! 화장실 갑니다!!"

라는 말을 남기고 나가버렸다.

와우!! 니늠의 넉살에 박수를 보내고 잡구나. -_-

쩍쩍쩍-_-

.

.

물끄러미 사교와 연정이의 자리를 쳐다봤다.

켁 -_- 수업시간인데 둘은 등 뒤로 손을 꼭 잡고 있었다. 미친 것들. -_- 그리고 사교 니늠 -_- 연기가 아주 굿잡이구나. -0-

지금 너도 연기하고 있는 거 맞지. 니늠 편 해준다고 약속했지만 연정이 너무 많이 아프게는 하지마.

연정이 눈… 지금 사랑으로 가득 차 있는데…. 니놈 눈깔은 이글이글 복수심으로 가득 차 보이는구나.

난 왜 남의 일에는 이렇게 눈치가 빠른데 그동안 유환이의 마음은 알아채지 못했을까.

아냐아냐… 어쩌면 모르고 지낸 게 나을 수도 있어.

쫘악 펴져있는 유환이의 연습장을 내 책상에 끌어다 놓고는 낙서를 시작했다. -_-

좋은 내 친구 친구 친구.

이어서 쉬는시간 종이 울렸고 난 재빨리 배고픔을 이기지 못하고 매점으로 뛰어갔다.

야채빵 두 개를 사들고는 교실로 올라왔더니 아까 내가 해놨던 낙서를 유심히 보고있는 유환이와 뭐냐고 뒤에서 슬금슬금 엿보고 있는 댄스_

"앗!! 미안해 아까 심심해서 낙서한 거야. -_-"

연습장을 확 뺏어들고는 그 장을 부욱 찢어서 주머니속에 박아 넣었다.

"앗 빵이다. -00-"

내 빵을 홀라당 손에서 빼가서는 연정이에게 가져다 주는 댄스 놈_

십숑같은 새끼 그거 하나 유환이 줄려고 사온건데_

얼마나 열심히 책을 읽었는지 4교시가 되었는데 벌써 마지막 장이다.

5교시, 6교시는 뭘 하면서 때우지.

책의 머리말부터 다시 읽기 시작했다. -_-;

얼추 다 읽고나니 종례시간도 지나가고 이대로는 안 되겠다싶어서는 아까 주머니에 넣었던 연습장 종이를 꺼내서 친구 부분만 오려냈다. -_-

그리곤 친구 한 단어만 써 있는 작은 종이 한 조각을 유환이의 손바닥 속에 꼭 쥐어줘 버렸다.

이걸로 내 맘은 다 전한거야. ㅜ0ㅜ

손바닥을 펴서 친구란 단어를 유심히 본 유환이는 _

"어제 내가 한 말 들었구나…."

라고 작게 말하고는 방긋 웃으며 _

"너 이럴 줄 알았어…. 이래서 너 혼란스럽게 하고 싶지 않았는데 대번에… 반응이 오네. 신경쓰지마…. 내가 잠깐 실수한 거야…."

하며 가방을 들쳐메고는 뒷문 밖으로 사라져 버렸다.

미안해 유환아…. 니가 싫은 거 아닌데 내 마음이… 문을 안 열어줘. 미안해….

함께 교실문을 나섰지만 어색한 기운이 북서풍을 타고 설렁설렁 흘러간다.

앞에 유환이가 걸어가고 있고 난 그 뒤 1미터 정도 뒤에 따라 걷고 있었다.

뒤에 있어서 녀석의 표정을 볼 순 없지만 계속 담배를 무는 꼴이 아마도 똥씹은 표정이겠지. -_-

저놈 예의 바르고 착한 녀석이라 교복 입고 흡연질은 웬만해선 안 하는데 벌건 대낮에 뻐끔뻐끔 잘도 뿜어댄다.

"쯧쯧 -_- 세상 말세야…. 어린노무 새끼가 담배나 꼬나물고… 쯧쯧."

"……"

"쳐다보면 어쩔거냐!! 이노무 새끼야!!!"

지나가던 40대 중반 정도 되어 보이는 눈이 짝 찢어진 아저씨는 계속 유환이를 보며 욕을 퍼부우셨지만 유환이는 들리는 지 마는 지 넌 떠들어라. 뉘집 개가 짖나… 하는 식으로 앞만 보고 걸어간다.

위태로워 보였지만 _

하지만 지금 내가 다가가서 말을 거는 건 더더욱 웃긴 상황이 되어버릴 듯 싶어서 계속 따라가던 길을 벗어났다.

후… 심장속에 100개의 실타개가 엉키고 엉켜서 가득 차 있는

것처럼 무겁고 답답해. -0-

방향을 틀어서 반대로 걸었다.

물론 갈 곳은 없지만-_-+ 한 걸음 한 걸음 내딛었다.

그렇게 한참을 걸었다.

켁-_- 여기가 어디야!!!!

내가 왜 여기까지 와버린거지….

벌떡 멈춰서서 바라본 100미터 쯤엔 댄스네 집이 호화찬란하게도 뚝!! 하고 서있었다.

여길 왜 왔지. -_-;

다시 유턴해서 방향을 트는데 이미 반대쪽에서 댄스가 걸어오고

있었다. -_-+

"어라? 강아윤이 여기 웬일이야? ^-^"

"댄스 넌 웬일이냐!!-_-!!"

"여기 우리 동넨데…. 여기 내 홈그라운드야. 넌 침입자고. -_-"

"컥-_- 재밌게도 표현하는구나…."

"나 보러 온 거 아니었어?"

"내가 널 왜 보러와…!! 그냥 걷다보니 여기였어. -_-"

"와하하… 맘속에 너도 모르게 여기에 오고 싶었던 거구나. ^^"

"뭐라-_-는 거야…. 댄스 나랑 좀 놀아줘. 심심하기도 하고 답답하기도 하고… 아무튼 맘 상태가 재수 없어."

"왜 -_-?"

"사춘긴 가봐. -_-"

"풋… 따라와."

녀석은 날 끌고 바삐 골목을 벗어나더니 택시를 잡았다.

"아저씨!!! 한강둔치요!!"

한강… 한강은 왜…?

어쨌든 이놈이라면 날 얼르고 뺨 쳐서라도;;;; 재밌게 해줄 것만 같은 작은 기대가 생긴다.

우린 서로 다른 창쪽에 딱 붙어 앉아서는 지나가는 사람들을 구경했다.

매번 느끼는 거지만 길거리엔 이쁜여자 천지다. 참으로 한탄스런 일이다. -_-;

한강에 도착해서 당연히 놈이 택시비 지불을 하고 난 발랄하게 뛰어 강가로 다가갔다.

여기 오랫만이네. 서울 하늘아래 있으면서 얼마나 바쁘게 살았는지 이 이쁜 것도 구경하러 못 와 봤을까나….

담부터는 공부를 조금 덜하고-_- 삶을 여유있게 살아야겠다.

"댄스… 밤 되면 더 이쁠 거 같애."

"밤 될 때까지 기다리면 되지. ^^"

"응응…."

"너 무슨 일 있어? 표정이 우거지네. ^^"

"아니…. 아무 일도 없어…."

"말하고 싶지 않으면 하지마."

"응…."

이놈과 말하고 있으면서도 머리속엔 아까 내가 건넨 쪽지를 꼭 쥐던 유환이의 모습이 영화필름처럼 1초에 30프레임씩 휙휙휙 지나간다.

내가 한 행동과 말이 너무 성급한 건 아니었을까!! 조금 더 생각하고 조금 더 유환이의 맘을 느끼고 대답해야 하는 건 아니었을까….

내가 했던 행동이 유환이에게 상처가 되는 건 아닐까. 신중해야 했었는데….

"사교야 니 일은 잘 돼 가는 거야?"

"아…. 그냥… 그래."

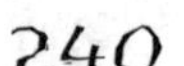

"그러고 보면 너 참 잔인한 애다. ^^ 나 니 친구이지만… 너 참 잔인해…. 그리고 나도 참 못 됐어. 너도 내 친구고 연정이도 내 친군데… 아무 것도 못하고 방관하고 있잖아."

"지금 니가 방관하고 있는 게 최선의 선택이야."

"그래도…."

"나 안 그래도 요새 고민 돼…. 아윤아 고만해라."

"알았어…."

조금씩 해가 지고 다리에 불이 하나둘 씩 켜지고 환상적인 조명 속에서 우린 나란히 앉아 강가를 바라보고 있다.

Lollipop 54

흥얼흥얼~ 정체불명의 노래를 불러대는 댄스. -_-

아무리 생각을 해봐도 도통 들어본 적이 없는 신기한 노래다.

"댄스, 그 노래 뭐야? 처음 듣는건데…. -_-a"

"이 노래… 내가 어렸을 때 부르던 노래야."

"이상해, 그 노래. -_-"

"니가 순수하질 못해서 그래. 옛날엔 이 노래 부르면 유치원에서 인기 증말 많았어."

"풉. -_-"

"어!! 솜사탕 아저씨다!!"

녀석은 눈도 참말 좋은갑다.

난 형태도 알아볼 수 없는 리어커를 보고는 솜사탕 아저씨라며 소리를 지르고 뛰어가 버린다.

조금씩 형태를 드러내는 아저씨 _

그 뒤에 풀이 죽은 듯 따라오는 댄스 _

그 아저씨는 솜사탕 아저씨가 아니고 고등어 장수였다.

한강에서 고등어를 팔면 하루에 몇 마리나 팔려나.

보아하니 장사 하신 지도 얼마 안 된 것 같은데 장사의 기본이 안 되셨군.

그나저나 아저씨보다 더 불쌍한 놈. -_-

사교가 입이 퉁퉁 뿔어선 투덜댄다.

"아씨, 솜사탕인 주 알았는데…."

"리어커에 파는 솜사탕 본 적 있니 -_-?"

"야 도저히 안 되겠어. 나 솜사탕 먹고 말거야. 기다려봐. 너도 먹고 싶지? ^^"

하면서-_- 엉덩이를 번쩍 들어 털고는 마구마구 달리기를 해댄다. 솜사탕 사러 가는거니? -_-;;

철딱서니 없어 보이는 귀여운 댄스. -_-+

덩그러니-_- 강가에 혼자 남겨진 나는 댄스가 놓고 간 가방에서 씨디플레이어를 꺼내 귀에 꽂았다.

옴마야 -_- 새끼, 보기랑 다르게 서글픈 발라드를 좋아하는구나.

귀를 타고 잔잔한 노래가 흘러나오고 반짝이는 강가 앞에 앉아 있으니 꽤나 기분이 센티멘탈 해지는 것이 분위기 죽인다!!-_-!!

이러면 안 되는데… 안 되는데… 하면서 난 살짝 놈의 가방을 뒤지기 시작했다.

가방 안에는 일기장 같은 심플한 노트 한 권이 들어있었고 난 그 노트를 떨리는 마음과 함께 한 장 한 장 넘겨가고 있었다.

……

한 장, 두 장,… 열장….

……

열 장이 넘어가는 페이지를 읽어 가면서 눈물이 고이는 날 발견할 수가 있었다.

사교야….

일기장 안에는 녀석이 하루도 빼먹지 않고 적어놓은 슬픈 글들이 가득했다.

녀석의 아버지의 애기와 연정이를 만나고 돌아서면서 느끼는 자책감_

그리고 녀석의 든든한 정신적 지주이지만 녀석이 힘들어 하는 가장 큰 이유… 어머니….

장 수를 넘길수록 내 눈물은 굵어져 가고 더 이상 보면 안 되겠다 싶어서는 일기장을 굳게 닫아버렸다.

이어서 들려오는 소리_

"강아윤!! 아윤아!! 내가 뭘 사왔는 지 보렴보렴!!"

시간이 꽤 흘렀는데 기어이 사온거니….

서둘러 눈물을 닦고는 고개를 돌려 녀석을 바라봤다.

양손 가득히, 한 손에 세 개씩 여섯 개의 솜사탕을 들고 발랄하게 뛰어오는 댄스_

"이것 봐라!!! ^-^"

"정말 구했네…."

"내가 오면서 2개 먹었어. -_-"

"많이도 샀네…."

"근데… 너 눈이 왜 그래?"

"응??… 왜 뭐가…."

"눈 빨개…. 울었어?"

"울 일이 뭐가 있냐!!"

"하긴…. 먹자!!"

단숨에 솜사탕 두 개를 또 해치운 댄스 _

나머지 솜사탕을 내게 건네주고 담배를 입에 문다.

"야… 왜 바보처럼 찔찔짜. -_-궁상맞어 보이게."

아까 안 운 걸로 분명 마무리 됐는데 내 말을 콧구멍으로 들었는지 또다시 나의 눈물에 대해 운운하는 놈 _

"넌 우는 거 안 어울려. 씩씩한게 어울려. 그래서 넌 강아윤이야. ^-^"

"……."

"진짜 울고 싶은 건 난데…. 훗…."

"울어…. 울고 싶으면 울어야지…."

"진짜 울어도 돼 ^^?"

"응…."

잠시 후 사교의 두 눈에선 굵은 눈물이 뚝뚝 떨어진다.

그동안 얼마나 울음을 참았길래 울어도 되냐는 말을 한 지 1분도 안 돼서 저렇게 서럽게 눈물이 흐를까.

예전에 녀석과 함께 갔던 놀이공원 귀신의 집 거기서도 녀석은 울고 있었어….

Lollipop 55

마른 샘에서 물이 솟듯이 사교는 건조한 눈물을 흘리고 있었다.

아무 말도 못하고 녀석의 우는 모습을 지켜보던 난 가방에서 티슈를 꺼내서 쓰윽~ 내밀며_

"울고 싶을 땐… 울어야 하는데… 너무 많이 울진마. 조금 아껴둬야 나중에 더 슬플 때 흘릴 눈물이 남아있지…."

남자가 우는 모습 티비에서 본 거 말고는 처음이었다.

내 가슴 깊히 무언가 울컥하고 올라왔지만 함께 울어버릴 것만 같아서 작은 돌멩이 하나를 쥐어들고 멀리… 던지며 꾸욱 참아냈다.

"바보… 그것 밖에 못 던져?… 잘 봐. ^^"

어느새 눈물을 다 닦고는 웃음을 보이며 나보다 5배는 더 멀리 돌을 던지는 사교_

넌 꼭 카멜레온 같아.

색깔을 알 수 없는… 카멜레온_

"사교야…."

"왜!! 나 울보라고 놀릴라면 말 하지마. -_-"

"놀릴래. ^-^ 울보울보."

"하지마. -0-"

내 머리카락을 부비적 흐트러 놓으며 남은 솜사탕을 들고 먹어치우는 사교_

깨끗해진 막대기를 보고서야 만족하며 놈은 이제 가자고 서둘러 댄다.

녀석과 헤어지고 집으로 터벅터벅 걸으면서 난 여러 가지 생각이 교차했다. 앞으로 사교와 연정이는 어떻게 될까?

연정이가 만약 사교의 목적을 알게 된다면 많이 아프겠지. 힘들어지겠지.

다 알면서 모른 척 눈 감아준 날 원망할까…?

정말 이게 최선인가…. 사교에겐 이 방법밖에 없을까.

그치만 이미 사교에 대해 너무 많이 알아버렸어. 이기적이게도 사교를 이해해 주고 싶다.

감싸주고 함께 아파해 주고 싶다…. ㅠ0ㅠ…

그리고 잊고 있었던 유환이의 고백. ㅜ0ㅜ

아웅~ 복잡해. ㅜ0ㅜ… 바보같은 녀석 왜 하필 나를_

힘들어 하는 사교 옆에 있어 주고 싶은 나를 _

난 전화기를 꺼내서 단축키를 눌러 유환이에게 전화를 시도했다.

뚜… 뚜……

다섯 번의 통화음이 울리고 _

"여보세요…."

가라앉은 유환이의 목소리가 들려왔다.

"유환아… 나야 아윤이…."

"응…."

"뭐해?"

"그냥 있어…."

"그래…?"

"……."

이런 어색한 거 싫은데 내가 만들고 있다.

"유환아… 있지…."

"아윤아…."

"응…. 먼저 말해…."

"너랑 어색해지는 거 싫다. 이러려고… 이렇게 되려고 그랬던 거 아니야…."

"알아…. 나도 너랑 어색한 거 싫어…."

"미안해."

"뭐가뭐가… 아니야…."

"집에 가는 길이야?"

"응…"

"조심히 들어가…."

"응…."

뚝- 끊겨버린 전화_

멍하니 끊겨버린 전화기를 들고 잠깐 멈춰섰다.

어색해하지 말자면서 먼저 끊어 버리는 그 태도는 뭐야…!!

한 번도 나보다 먼저 전화를 끊은 적이 없던 놈인데….-_-

집으로 향하는 길에 유환이네 집앞을 지나면서 녀석의 집에 들렸다 갈까말까 잠시 주춤 고민이 되면서 용기가 없는 내 발걸음은 그저 스쳐 지나가고 있다.

Lollipop 56

집에 들어 오자마자 찬물로 샤워를 마치고 포근한 침대속에서 깊히 잠이 들었다.

다음날 아침 _

어라 눈은 떴는데 온 몸이 마비라도 되었는지-_-; 꼼짝 달싹 움직이지가 않는다. 온 몸이 끔찍하게 쑤셔오는 게 이게 그 유명한 몸살이란건가.

나 강아윤도 아파서 결석이란 걸 하는거야 -_-?

엄마를 크게 불러 결석 허락을 받고 다시 깊은 잠에 빠져들었다.

얼마나 잤을까. 살짝 눈을 떴을 때 _

"일어났어…?"

라고 묻는 유환이의 음성이 들려오고 차차 눈 앞에 녀석의 걱정스런 표정이 인식되기 시작했다.

"유환아…."

"많이 아픈가 보네…. 무슨 식은 땀을 그렇게 흘리냐…."

"아… 지금 몇 시야?"

"저녁 8시…."

"에휴… 많이도 잤네…."

녀석과 마주하기도 어색하고 눈에서도 열이 나는지 뜨고 있기 조차 힘이들었다.

"더 자."

"……."

유환이는 한숨을 푹 쉬고 일어나는 듯하더니 작게 속삭였다.

"네가 너 아프게 한 거야…?"

"아니야. 그런 거 아니야."

"너 자면서 계속 내 이름 부르던데 나 때문인 거 맞어. 미안하다…."

라고 말하고 살짝 방문을 열고 나가버렸다.

내가 자면서 니 이름을 불렀다고…? 정말…?

어쩌면 너한테 미안한 마음이 너무 커서… 학교에서 널 볼 자신이 없어서 핑계를 만들어 주려고 내 몸이 알아서 아파줬을 수도 있겠다.

그럴 수도 있겠다. 유환아….

녀석이 우리 엄마한테 인사를 하고 나가는 소리가 들렸다.

가서 아니라고 말 해야하는데 몸이 움직이질 않잖아. -_- 다른 사람들이 이런 내 모습을 본다면 웃길 수도 있겠지만 둔해 빠진 나란 애는 유환이의 마음을 받아들이기가 너무나 힘겹다.

온 몸이 쑤실 정도로 많이 아파서 힘겨울 정도로 그렇게 난 약해

빠진 나약한 아이니까….

두 눈을 꼭 감고 잠을 청하는데 머리 위에 올려 놓았던 전화기가 울려댔다.

"여보세요…."

"신나는 토요일!! 불타는 이 밤!!!"

"사교야. -_-"

"많이 아팠어? 결석까지 했네. ^^ 씩씩하게 살자면서… 왜 아프고 그러냐!! 어디 아픈건데… 응?"

"그냥… 몸살…."

"휴… 다행이다."

"친구가 아프다는데 뭐가 다행이야!!!"

"나 여기 니네 집 앞인데 ^-^ 너 아픈 이유가 추리 끝에 세 가지로 압축됐거덩. -_-

1번!!! 감기!!

2번!!! 몸살!!

3번!!! 눈병!!

근데… 그 중에 하나가 있으니까 다행이네…."

"무슨 소리야. -_-"

"우유 주머니에 약 넣어놨어…. 가지고 들어가서 먹어라!! 끊을게~"

"야!!"

약을 사왔다고라 -_-? 그것도… 세 가지 다?

난 엄마를 크게 불러서는 대문에 있는 우유 주머니에 가보라고 지시했다. -_-

잠시 후 엄마는 하얀봉투 세 개를 들고 들어오더니_

"이게 다 뭐니…. 무슨 약이 이렇게 많니."

정말 세 개나 있네. 훗… 귀여운 녀석_

"엄마… 그 중에… 몸살약이라고 써 있는 것 좀 줘."

"여기!"

"그냥 삼켜!!- -!! 물도 좀 가져다 주고 그래 봐."

"알았어 이놈아!! 아프니까 아주 상전이 따로 없네."

난 세 가지 봉투를 보고 경악을 금치 못했다. 감기약이라고 써있는 봉투엔_

'에취에취 재채기가 없어 질 때까지 맛나게 드세요.'

몸살약이라고 써있는 봉투엔_

'온몸에 근육이 불뚝불뚝 솟을 때까지 맛나게 드세요.'

눈병약이라고 써있는 봉투엔_

'눈속에 있는 빨간 핏줄이 투명하게 될 때까지 맛나게 드세요.'

라고 작게 메모가 되어 있었다.

봉투를 손에 쥐고 온 몸이 흔들리도록 웃음이 나왔다.

Lollipop 57

다음날 일요일 2시 쯤에 난 부시시 눈을 떴다.

와우… 대체 얼마를 잔 거야. =_= 탱탱 뿔어터진 눈을 간신히 떴다.

우선 밥을 챙겨먹으려 밥솥을 열어봤더니-_-; 말라 비틀어진 노란색 밥풀만 덕지덕지 붙어있다.

딸이 아파서 끙끙 앓고 있는데 말이지 죽은 못 끓여놀 망정 허연 쌀밥도 찾아보기가 힘들구나. ㅜ0ㅜ

난 주말마다 전화를 했던 곳_ 중국집에 전화를 걸었다.

"네!! 중국집 입니다."

"아저씨… 저 아윤인데요. ^^ 자장면 한 그릇도 배달되요?"

"그럼!! 되지!! 근데 왜 오늘은 하나 시키니?"

"네?… 아… 그냥요…. ^^"

"5분만 기다려라…."

"네. ^^"

매번 두 개씩 시키다가 하나만 시키려니 뭔가 허전하긴 하네….

우리 부모님이 없으면 유환이네 부모님도 분명 함께 가셨을 텐데… 그럼 유환이도 혼자 있을 텐데 오늘은 안 오는 건가.

녀석을 부르려고 전화기를 들었다가는 다시 슬쩍 내려놨다.

잠시 후 자장면이 배달오고 난 멍하니 식탁에 앉아 썰렁하게 자장면을 후루루 먹기 시작했다.

혼자 먹는 거 생각보다 썩 기분 좋은 일은 아니다.

"어… 오늘은 단무지가 남네…."

혼자 중얼거리며 단무지를 뒤적뒤적 거리며 몇 개 남았나 세고 있을 쯤 _

"거봐라!! 내가 안 먹어주니까 남지!!"

라는 목소리가 들려왔다. 엄마나~

"유환아…."

"치사하게 혼자 시켜먹냐. -_- 난 너랑 먹을라고 굶고 왔는데."

"어쩐 일이야…. ^^"

"어쩐 일이긴-_- 불쌍한 중생 구제 하러 왔지."

"잘 왔어…. 이거 먹을래?"

"드러워. -_-"

유환이는 아무 일도 없었다는 듯이 그렇게 밝게 웃으며 예전과 같은 모습을 보여주려고 애썼다.

그런 유환이의 모습을 보면서 _

녀석은 나보다 훨씬 많이 어른스럽고 넓은 가슴을 가지고 있다는 생각이 들었다.

드럽다며 인상을 찌푸렸으면서 내 의자로 비집고 들어와 앉아서는 내 남은 자장면을 모두 해치운다.

어른스럽다는 말-_- 취소!!!!!!-0-!!!!!!!

남은 자장에 말라비틀어진 노란 밥을 비벼서-_- 깔끔히 해치우고는 함께 얼굴을 보며 트름을 꺼억 -_- 해줬다.

"비디오 빌려왔어."

"뭐 빌렸어 ^^?"

"너닮은 애 나오는 거."

"뭔데. -_-"

"슈렉."

"우씨!!!!!-_-!!!!!!!"

녀석은 비디오가 끝날 때까지 내가 슈렉과 닮았다며 연신 놀림질을 멈추지 않았다.

내가 어딜봐서 슈렉이랑 닮았다는거야. -_- 억지쟁이.

근데 유환이 원래 자장면 먹고 나면 항상 담배를 폈는데 오늘은 꽤 오랜시간 동안 피질 않고 있다.

"유환아, 담배 안펴?"

"왜? 폈으면 좋겠냐?"

"아니 안 피는 게 이상해서…."

"끊었어."

"왜 -_-?"

"이주일아저씨의 계몽운동에 감동했다. -_-"

"아 그래. 잘했어. *^^* 사교도 끊으라고 해야겠다."

"……."

"혼자 끊지말고… 친구한테도 좀 권해 임마!"

"어…."

한동안 말이 없던 유환이는 되감기가 다 된 비디오테입을 꺼내

며_

"연정이도 알어?"

"응?… 뭘?"

"니가… 사교…."

"응?"

"아냐…."

"싱거운 녀석. -_-"

한참 후 유환이의 핸드폰이 울리고 사교가 술 먹자고 했담서 주섬주섬 나갈 차비를 해댄다.

"나도 데리구 가!!!!"

"너도 갈래? 너 아직 아프지 않냐?"

"멀쩡해. 갈래갈래."

"알았어. 준비해."

5분만에-_- 고양이 세수를 마치고 유환이를 따라 나섰다.

#술집

술집 안에는 이미 연정이와 댄스가 술을 시켜놓고 우릴 반갑게 맞이하고 있었다.

"내가 준 약 먹고 후딱 나았지? ^^"

"아참!! 약 고마웠어. 댄스.-_-"

"사교야 무슨 약?"

연정이가 무슨 얘기냐는 듯이 물었고 댄스는 이렇게 대답했다.

"아프다길래 약 사다줬어. -_-"

"아… 그래. ^^"

한순간 무슨 불륜이라도 저지른 나쁜 사람이 된 듯이 연정이와 유환이의 눈치를 살피게 되었다.

술을 더 시키고 댄스와 유환이는 벌컥벌컥 들이키기 시작했다.

연정이는 간간히 쫄딱쫄딱 마셨고 난 아프다는 이유로 유환이의 저지아래 -_- 구경만 해댔다.

"나도 먹고 싶은데…. -_-"

"내일 학교 또 빠질라고?"

"아냐!! 괜찮단 말이야. 멀쩡한데.-_-"

"웬만하면 참어. -_-"

"알았어. -_-"

나만 구경-_- 나머지 셋은 걸쭉히 취해간다.

이럴거면 차라리 오질 말걸. -_-

목구멍에서 침이 꼴딱꼴딱 넘어간다.

두어 시간 술 파티가 끝나갈 무렵 걸쭉하게 취한 유환이는 비틀비틀 밖으로 걸어나갔다.

화장실은 그쪽 방향이 아닌데…. -_-; 알아서 찾겠지.

그냥 냅뒀는데 20분이 지나도록 녀석은 돌아오질 않았다.

아이 귀찮아! 술집 밖으로 나갔더니만 전봇대 옆에 쭈그려 앉아있는 녀석이 보였다.

"야!!-_-!! 왜 나와 있어."

"바람 쐬려고…. 취한다…."

"응. -_- 그럼 어디 가지 말고 여기만 있어."

일어나 들어가려는데 녀석이 내 팔을 잡는다.

"왜… 화장실 가고 싶어?"

"아니…."

여전히 고개를 숙인 채로 내 팔을 잡고 늘어지는 유환이 _

난 갑자기 싸한 기운을 느끼고는 빼도박도 못하고 그 자리에 멈춰 서있었다.

Lollipop 58

내 손을 꼭 잡고 안 놔주던 유환이의 손에 점점 더 힘이 들어간다.

"유환아… 왜 그래…."

"너 힘들게 하고 싶지 않은데… 괴롭히고 싶지 않은데… 난 자꾸 욕심이 생겨 아윤아…. 참으려고 애쓰는데… 내가 애쓰는 힘보다 가슴속에서 더 큰 바람이… 자꾸만 생겨나…."

"……."

"안 그러려고 많이 노력하는데… 애쓰는데… 힘들다…."

"……."

뭐라고 대답을 해야 하는데 아무 말도 아무 생각도 나질 않았다. 내가 해줄 수 있는 게 없잖아.

난 녀석의 손을 꼭 쥔 채로 옆에 나란히 앉아버렸다. 살며시 내 어깨에 머리를 묻는 유환이 _

작게 심장이 울리기 시작했다.

두근… 두근…….

녀석의 머리카락에서 알싸하니 샴푸 냄샌지 뭔지 좋은 냄새가 풍겨왔다.

"유환아… 샴푸 냄새 좋다…. 뭐 써?"

"말표 빨래비누…."

"-_-…응…."

"넌… 향수 뭐 쓰냐…."

"냄새 좋아 ^^?"

"아니. 좀 더 진한 거 써라. -_- 술 냄새 나…."

"응. -_-"

이런 심각한 상황에서도 면박을 나누는 우리. -_-;

이게 좋다. 계속 이렇게 옆에 있고 싶다. 함께 웃고 함께 울고 싶다.

한 시간 가량 그렇게 _

난 유환이의 말표 빨래비누 냄새를 맡으며-_- 유환이는 내 몸에서 나는 술 냄새를 맡으며 옆자리를 지켰고 _

"니네 뭐야!! 둘이서 뭐하냐!!"

하면서 얼굴이 벌개진 사교가 소릴 질러댔다.

"아윤아. 기다렸잖아!!"

연정이도 옆에서 툴툴대며 함께 소릴 질래댔다.

소리 지르는 너희 둘 모습 -_- 참으로 많이 닮았구나.

연정이를 데려다 준다며 사교는 우리 보고 기다리라고 단단히 당부를 하고는 사라졌다.

"아윤아, 우리도 가자. 데려다 줄게."

"사교가 기다리랬잖아."

"너 데려다 주고 내가 다시 올게."

"아니…. 같이 기다렸다가 가자."

"강아윤…."

"응?"

"내가 보기엔 너 사교한테 너무 너그러워…. 내 생각이 맞는거야?"

"어?… 무슨 말이야…."

"아냐… 가자. 데려다 줄게."

"기다리랬잖아…."

"그럼 나 먼저 간다. 기다렸다가 데려다 달라고 해."

"야!! 같이 기다려!!"

"됐어."

성큼성큼 발걸음을 돌리는 유환이_

내가 사교를 좋아한다고 생각하는 거지…? 사교한테 너그러운 건 사실인데… 잘 해주고 싶은 건 사실인데… 좋아하는 건지는 잘 모르겠어.

한 40분 가량 쪼그리고 앉아서 사교를 기다렸고 마구 뛰어오는 사교를 만났다.

"데려다 주고 왔어 ^^?"

"헉헉. 엉. 근데 왜 혼자냐?"

"유환이 먼저 갔어."

"치사한 놈. -_- 먼저 갔어?"

"응…."

"넌 왜 안 갔어…. 그럼 먼저 가지…."

"니가 기다리랬잖아."

"훗…. 지나치게 순진한 거 아니냐? 가자. ^^ 데려다 줄게."

"응…."

댄스와 나란히 서서 집으로 향했다.

"아윤아…."

"응?"

"나 이제 그만 할까?"

"뭘…?"

"연정이… 죄책감 느껴서… 못 해 먹겠어."

"그래…."

무언가 깊게 생각하는 듯 사교는 말 없이 날 데려다 주고는 돌아선다.

"사교야…."

"응?"

"연정이… 너 정말 좋아해…."

"알아…. 그래서… 힘들어."

"니가 알아서 하겠지만… 착하게 살자. ^-^"

"나 원래 착해. -_- 알았으니까 들어가라."

"응. -_-+ 데려다줘서 고마워. ^^ 갈게."

"오냐. -0-"

멀어져가는 사교의 뒷모습을 지켜보고 완전히 녀석이 점처럼 작아진 후에 대문을 열고 들어갔다.

그날밤 난 또다시 악몽에 시달렸다.

검은 옷을 입고 멀어져가는 유환이와 하얀 옷을 입고 점점 다가오는 사교_

벌떡 일어나서 식은땀을 닦았다. 후후후….

내가 정말 유환이의 말대로 댄스를 좋아하는걸까….

그건 분명 아닌 거 같은데…. 이런 이유로 유환이를 아프게 하고 싶지 않은데….

Lollipop 59

새벽녘에 전화벨이 울렸고 발신자를 보니… '연정이' 라고 찍혀 있었다.

"여보세요."

"아윤아, 나 연정인데… 지금 잠깐 와 줄 수 있어?"

"왜!! 너 어딘데. 연정아. 왜 그래!!"

시끌시끌 소란스런 소리속에서 연정이는 울먹거리며 급한 듯 말하고 있었다.

"연정아 어딘데…. 너 왜 그래…."

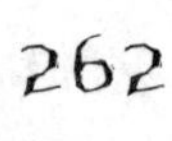

"흑… 아윤아… 여기 예전에 내 동생 입원했던 곳인데… 와죠. 나 무서워…. 빨리…."

"알았어!!!"

전화를 끊자마자 옷을 갈아입고 유환이에게 전화를 걸고는 사정을 얘기한 후 함께 병원으로 향했다.

택시를 잡아타고 도착한 병원 _

어딘지 몰라서 우선 응급실로 뛰어 들어갔다.

그곳엔 침대에 하얀 피부의 어린아이가 누워 있었고 기도하듯 두 손을 꼭 쥐고 연정이가 울며 매달려 있었다.

"연정아…."

"흑흑흑… 아윤아…."

내 손을 꼭 쥐며 흔들리는 눈빛의 연정이 _

"왜 그래. 무슨 일인데…."

"내 동생이… 갑자기… 이상해서 병원에 왔는데… 수술 해야한대…."

"그럼 어서 수술 해야지!!!"

"근데… 위험 할 수 있대. 죽을 수도 있대. 어쩌지… 어떻게 해야지…."

"수술 안 하면!!"

"확률은 비슷하대. 그치만 수술 하다가… 잘못 되면…."

"연정아… 우선 수술 먼저 하는 게 나을 거 같아…."

"그렇겠지?… 혹시 잘못 되는 일이 있더라도 우선 수술 해야겠지? 그렇겠지?"

"어!!"

이어서 간호사에게 가서는 수술 동의서에 싸인을 하는 연정이 _

계속 연정이의 작은 어깨가 심하게 흔들리고 있었다. 연정이의 옆에 다가가선 _

"울지마. 잘 될거야…."

단 한마디 건넨 유환이 _

하지만 그 말이 그 어떤 말보다 크게 보였다.

이어서 헉헉대며 사교도 뛰어 들어와 연정이를 발견하고는 _

"왜!! 무슨 일이야!!"

녀석 많이 놀랬는지-_- 88올림픽 호돌이가 그려져 있는 반팔 티셔츠 바람으로 여기까지 와버렸다.

연정이가 간호사와 이런저런 얘기를 하는 동안 유환이는 날 끌고 구석진 곳으로 데리고 간다.

"연정이 동생… 저번부터 아팠어?"

"응…."

"500만 원도 그래서 꿔 준 거였지?"

"응…."

"후… 큰일이다…. 수술 위험해 보이는데…."

"응…."

그 뒤에서 우리의 얘기를 듣고 있던 사교가 다가왔다.

"나한테 꿨던 돈… 연정이 빌려줬던 거였어?"

"사교야… 응…."

"왜 말 안 했어?"

"그 얘긴 나중에 하자…."

"연정이는… 그 돈 어떻게 갚은 건데…?"

"사교야… 나중에 연정이 동생 수술 잘 되면 그때 다시 말하자."

"후…."

답답한 듯 밖으로 나가버리는 사교 _

그 뒤를 조용히 따라 나가는 유환이 _

난 연신 울며불며 뛰어다니는 연정이의 뒤를 조용히 따랐다.

수술실 문이 열리고 지나치리 만큼 하얀 피부를 가진 작은 아이가 그 안으로 사라져갔다.

잘 되야 할텐데…. 꼭 건강한 모습으로 다시 나와야 할텐데….

6시간 정도가 흐르고 우린 모두 학교에 가야한다는 생각 따위는 까맣게 잊어버리고 수술실 앞을 지켰다.

수술실 문이 열리고 의사와 간호사가 나왔다.

"보호자분?"

"예!!"

"죄송합니다…."

"무슨… 소린가요?… 잘못 됐나요? 혹시 제 동생… 잘못 된 거예요?"

"어쩔 도리가 없었어요…."

그 자리에서 스르륵… 눈을 감으며 쓰러져버린 연정이 _

한순간 조용한 침묵속의 복도 _

할 말을 잃어버린 나와 유환이와 사교 _

연정이의 동생은 영안실로 옮겨지고 우린 연정이가 누워있는 병실에 침묵을 지킨 채 앉아 있었다.

"도현아…. 도현아…."

식은 땀을 흘리는 채로 눈을 뜬 연정이는 다시 깊은 잠으로 빠져들었다.

한참 뒤 병실문이 열리고 중년의 신사분이 들어오셨다.

그분은 저번에 뵌 적이 있던 사교 아버지 _

한동안 병실 안은 싸~ 했다.

사교는 미친듯이 아버지를 노려 보았고 유환이는 누구냐는 듯이 날 쳐다보았고 중간에서 멀쑥해진 난… 쭈뼛쭈뼛_

"안녕하세요…."

라고 사교의 아버지에게 인사를 건넸다.

"어… 그래. 수고들이 많구나…."

생기신 대로 메너있고 예의있게 인사를 받으셨다.

"훗…. 엄마 쓰러질 때도 코빼기 안 보이시던 바쁘신 몸이 이곳에서 보게 되네요."

"너랑은 나중에 얘기하고 싶구나."

"왜요…. 애들 앞에서 쪽팔리세요?"

"……."

사교의 몸을 툭하니 지나치시고 연정이의 침대 곁으로 다가가신 사교 아버지는 이리저리 주위를 살피시며 꼼꼼히 연정이의 상태를 살피셨다.

살짝 눈을 뜬 연정이_

사교 아버지를 발견하고는 우리의 눈치를 살폈다.

"어떻게 오셨어요…."

"몸은 괜찮은거냐…."

"네…."

"동생 일은 내가 처리했다…. 조심하고… 퇴원하면 연락해라."

"네…."

병원 문을 나가시는 사교의 아버지 뒤로 _

"훗… 웃기다…. 잼있네. ^^ 존나게 잼있는 세상이야…. 우리 연정이가… 내 새엄마가 되는 건가?"

라는 사교의 말이 이어졌다.

그 말에 두 눈이 똥그래진 유환이와 연정이 _

"무슨 말이야 사교야…."

"너… 많이 힘들텐데… 이런 말하는 거 미안한데 니가 연애하는 저 멋진 신사… 우리 꼰대야…. 신기하지?… 잼있지? 하하하."

안 그래도 큰 연정이의 두 눈이 신기하리 만큼 커졌고 꼭 쥔 두 손이 부르르르~~ 떨렸다.

유환이는 내 팔을 끌고 병실을 벗어났고 뒤이어 사교의 아버지도 병실을 나오셨다.

병실 안에는 연정이와 사교 둘만 남게 되었다.

둘의 대화를 나도 듣질 못했지만 예상처럼 많이 심각하게 되어버릴까봐 긴장되었다.

"넌 다 알고 있었어?"

유환이가 내게 건넨 한마디 _

"응…. 다 알고 있었어…."

"그랬구나…. 그래서… 사교 일에 그렇게 관여 했던 거였구나…"

"아니…. 그것 때문만은 아니야…."

"……."

유환이를 밀치고 들어간 병실 안_

얼마나 울었는지 연정이가 베고 있던 베개가 흥건했다.

사교도 고개를 떨구고 흐느끼고 있었다.

"사교야…, 연정아…."

"아윤아… 내가 어떻게 해야 하는거냐? 이 상황에서 어떻게 대처해야 현명한 걸까? 기분이… 아주 좆같네…. 복수하고 싶었는데… 철저히 짓밟고 싶었는데 되려 연정이한테 미안한 마음이 들어. 내가 어리석은 놈이라는 생각이 들어…."

조용히 듣고만 있던 연정이의 말이 이어졌다.

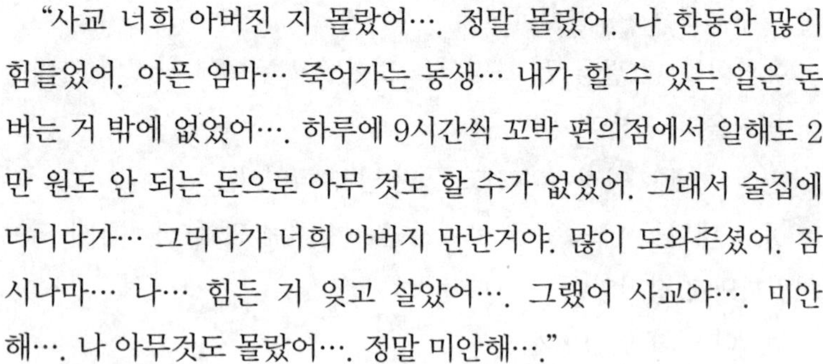

"사교 너희 아버진 지 몰랐어…. 정말 몰랐어. 나 한동안 많이 힘들었어. 아픈 엄마… 죽어가는 동생… 내가 할 수 있는 일은 돈 버는 거 밖에 없었어…. 하루에 9시간씩 꼬박 편의점에서 일해도 2만 원도 안 되는 돈으로 아무 것도 할 수가 없었어. 그래서 술집에 다니다가… 그러다가 너희 아버지 만난거야. 많이 도와주셨어. 잠시나마… 나… 힘든 거 잊고 살았어…. 그랬어 사교야…. 미안해…. 나 아무것도 몰랐어…. 정말 미안해…."

조용히 듣고 있던 사교는 눈물을 쓰윽 닦으며 병실 밖으로 나가버렸다.

Lollipop 61

밤새도록 연정이의 옆을 지켰다. 연정이는 한참동안 흐느끼다 주사를 맞고 잠이 들었다.

새벽 4시쯤 집에 간 주 알았던 유환이가 커피 한 잔과 가디건을 건네주며 다가왔다.

"간 거 아니었어?"

"영안실에 있었어. 아무도 없는데 어떡해."

"아… 그랬구나…. 생각 못하고 있었어…. 유환이 고생했네…."

"내가 무슨 고생…."

"사교… 는?"

"나랑 같이 있다가 좀 전에 사교네 아버지 찾아오셔서 잠깐 나갔어."

"응…."

"사교한테 그런 일이 있었는 지 몰랐어. 아윤이 너 혼자 고민 많이 했겠다. 나 없이는 아무 것도 못할 줄 알았는데… 아니었네…."

"솔직히… 알고 보면 내가 제일 나쁜 사람이야…. 다 알면서 모른 척 했으니까…."

"그게 니가 할 수 있는 최선이었을거야…. 나라도 그랬어…."

"그렇게 말 해주니까… 고맙네…."

"너 집에 들어가라. 내가 있을게."

"아냐…. 너 남자잖아. 연정이가 불편해할 지도 몰라…."

"아참… 나… 연정이네 집에 좀 다녀올게…. 후… 연정이 어머님한테 어떻게 말하냐?"

"아… 그 일도 남았구나…."

고등학생이라는 신분으로 죽음을 바라보는 것도, 뒤에서 처리하는 것도 그리 쉬운 일은 아니었다.

그렇게 2주일이란 시간이 흐르고 내겐 차차 아무 일도 없었다는 듯이 익숙하게 내 원래 생활로 돌아왔다.

하지만 병원을 퇴원한 지도 며칠이나 지났지만 연정이는 학교에 오지 않았다.

사교는 드문드문… 삼 일에 한 번… 사 일에 한 번씩 얼굴만 디밀고 다시 나가버리고 _

그런 일도 이젠 익숙해져 갈 때쯤 3교시 수업시간 도중에 사교가 앞문을 열고 담임선생님과 함께 들어왔다.

"오늘 사교가 다른 학교로 전학을 가게 됐다. 다들 인사하고…."

"훗… 수업시간 도중에 방해해서 미안하다. ^^ 근데… 잘 생긴 얼굴 볼라면 이정도 댓가는 치뤄야지…."

처음 전학 온 그날처럼 사교는 밝게 웃으며 인사를 하고는 사라졌다.

갑자기 왜 전학을 가…. 한마디 말도 없이….

멍하니 십 분 가량 연습장만 쳐다보던 나는 수업시간 도중임에도 불구하고 뒷문을 벌컥 열고 뛰쳐나갔다.

한참 뛰어가 운동장을 가로 지르고 교문을 지나 횡단보도 앞에 멈춰서 담배를 물고 있는 사교를 발견할 수 있었다.

"헉… 헉…. 권사교… 너 뭐야…."

"야!! 너 여긴 웬일이야!!"

"뭐야…. 너 전학가?… 왜… 한마디 말도 없이… 정말 가는 거야…?"

"그렇게 됐어…. 나 여기 더 있으면 정말 나쁜 사람 될까봐 그래서 도망 가는거다. 강아윤… 그동안 고마웠다…."

"……."

"나 전학가는 게 너한테도 좋은 일이야…. 여기 조금만 더 있었으면… 더 많이 귀찮게 했을 지도 몰라…. 훗… 지금 와서 이런 얘기 웃긴데… 너 좋아할 뻔했어. -_- 그러면 큰일이잖아…. 내가 너무 아깝잖아…. 안 그래?"

"권사교… 너…."

"이런 일 없이… 그냥 순수하게 너 만났으면 좋았을 뻔했어. 안타깝다…."

조용히 내 앞으로 다가와 꼭… 안아 주는 사교_

그동안 초등학교, 중학교를 거치면서 수없이 많은 친구들이 전학을 가도 눈물 한 방울 흘리지 않던 나인데 주룩~~ 뺨 위로 굵은 눈물이 쉴새 없이 떨어진다.

그 어떤 사람보다도 밝고 그 어떤 사람보다도 슬픈 웃음을 가진 아이_

카멜레온처럼 자신의 색을 많이 바꾸며 잘 숨겼던 아이_

그 아이가 내 곁에서 스쳐 지나는 짧은 인연으로 멀어져 간다.

내 뺨 위로 흐르는 눈물을 살며시 닦아주며_

"이제 우리 학교에 인물 없겠다. -_- 서운하기도 하겠지…."

"쳇… 끝까지 너…. ㅜ0ㅜ"

"아! 한 명 있구나…. 가유환… 훗… 멋진 새끼…."

"……."

"넌 참 복도 많다. 그런 멋진 놈의 사랑을 한몸에 받다니…."

"무슨…."

"언제 시간 나면… 그 새끼 눈동자 가만히 쳐다봐라…. 존나… 시꺼먼 눈동자에… 너만 가득 차 있어."

"……."

"내 말이 거짓말이면-_- 내가 도로 이 학교로 전학온다!!! 강아윤… 건강하게 행복하게 살아라!! 이 오빠가 가끔 검사하러 올거야."

"꼭… 꼭 놀러와."

"알았어…. 너 수업 중간에 나온 거 아니야? 어서 들어갓!!!"

"응…."

신호가 바뀌자마자 인사할 틈도 주지 않고 사교는 뛰어가 버린다.

잘 가… 사교야….

이제… 힘든 일, 아픈 일 하나씩 지워가면서 언제나 밝게 행복하게… 그렇게 웃어….

Lollipop 62

사교가 전학간 후 일주일이란 시간이 더 흘러갔다.

연정이도 드문드문 -_- 학교에 오고 모든 것이 차차 원래의 자리로 놀아오고 있었디.

사교가 전학오기 전 그때로 _

그동안 많은 일이 있어서인지 유환이도 나도 한동안 있었던 일에 대해 언급은 하지 않았다.

"유환아…."

"왜."

"이번 주말에 우리 어디 놀러갈까?"

"어디?"

"그냥 좋은데. ^-^ 바다 보러 갈까? 그를래?"

"훗… 그래…. 이번 주말엔 자장면 안 먹겠네. -_- 이젠 냄새도 못 맡겠어…. 물려…."

"그래…. ^^ 우리 회 사먹자."

"너 닮은 광어 먹자. ^^"

"-_- 슈렉이야 광어야…. 양자택일 해죠."

"음… -_-a 사실 슈렉은 아니야…. 피오나 공주야 피오나. 낮의 피오나 말고… 밤의 피오나….”

“켁. -_-”

#후딱 주말-_-

“야!!!! 너 뭐야!! 바다 가기로 해놓고 아직도 자는 거야?”

“음=_=….”

“가유환!! 빨리 안 일어나!!! 갑바 꼬집는다?!!! 아참… 너 갑바 없지. -_-”

“누가 그래!! 나… 너 땜에 상처 받아서… 존나 키우고 있어…. 디질래?”

“하하… 증말?… 어디 보자. 〉_〈”

“그럼 너도 니 갑바 보여줘. -_-”

“여자가 갑바가 어딨어!! 가슴이지. -////-”

“넌… 갑바 같애. -_- 갑바 큰 여자….”

“죽을래? 빨리 일어나!!!”

어렵게 도착한 바닷가가 아니고-_- 청량리 _

서둘러 기차에 몸을 싣고 난 리어커 아저씨를 계속 불러댔고 삶은 달걀-_ -오징어- _-콜라-_ -소세지- _-를 쉴새없이 먹으며 바닷가에 도착 하기만을 기다렸다.

이곳이 어딘지 행방도 모른 채 바다가 보이길래 내려 버렸다.

아무 대책 없는 우리였지만 시원한 바닷바람이 콧속으로 들어오자 바짝 흥분을 했다.

"와…… 멋있다."

"그러네…."

너무 늦게 도착한 탓인지 이미 태양은 기울어지고 있었다.

"진짜 멋있다…. 이런 거 처음 봐."

"나도…."

멋있는데 담배는 왜 꺼내 무는 거니. -_-

아참… 이새끼-_- 작심삼일이구나.

"너 끊었다면서!!"

"다시 피기로 했어."

"뭐야!!! 이주일아저씨의 죽음을 헛되이 버리는 거야?"

"어느 책에서… 이런 글을 읽었어…."

"무슨…?"

"담배피다 죽은 저승사자는 때깔도 좋데. -_-"

"켁. -_-"

저물어 가는 수평선 위의 태양을 보며 난 입을 다물질 못했다. 정말이지 말로 표현하기 힘들 정도로 장관이었다.

"사교 잘 지내겠지?"

"그렇겠지…."

"연정이도 같이 올걸 그랬나?"

"아직 이런데 다닐 만큼… 마음 편하지 않을거야."

"응… 아 맞다!! 유환아 나 봐봐."

"왜. -_-"

전에 사교가 했던 말이 문득 떠올랐다.

'언제 시간 나면 그 새끼 눈동자 가만히 쳐다봐라…. 존나… 시꺼먼 눈동자에 너만 가득 차 있어.'

가만히 유환이의 앞머리를 옆으로 재껴버리고는 눈동자를 가만히 들여다봤다.

정말… 까맣네. 난 그동안 몰르고 있었는데….

"유환아 너 써클렌즈 꼈어?"

"그게 뭔데…."

"눈동자 까맣게 보이는 거."

"꺼져. -_-"

"정말… 까맣다…."

"유전이야…. 우리 아빠는 더 까매. -0-"

까만 눈동자 위로 반사되어 보여지는 내 모습_

정말 사교 말대로 시꺼먼 눈동자에 나로 가득 차 있었지만 당연하잖아. -_-

지금 이놈이 날 보고 있으니 내 모습이 가득 차 있는 건 당연한 거잖아. -_-

어쩐지… 울컥… 속은 느낌이 들었다.

"너 뭐하냐… 나 유혹해?"

바짝 얼굴을 붙이고 있던 내게 유환이가 유리 깨지는 듯 이상한 소리를 해댄다.

"헉-_- 아니야!!"

"내 눈 이쁘지. ^-^"

"쪼끔. -_-"

"아윤이… 니 눈도 이뻐. 꼭 밤의 피오나 같애. ^^"

"죽을래!!!!!-_-!!!!!!!"

"아니 실수실수…. 광어 같애. 〉_〈"

"광어는 -_- 한 쪽 눈이 사시잖아."

"풋…."

이런 곳에서는 싸움을 해도 이뻐 보이는지 어떤 사진기를 들고 온 남자 한 명이 우리에게_

"사진 좀 찍어도 될까요? 두 분… 너무 이뻐서요…."

켁-_-; 내가 이쁜 거까지는 이해 하겠지만-_- 저놈이 뭐가 이뻐요!!!

"찍고 싶은데… 부탁드려여…."

"네, 그러세요…."

내 어깨 위에 손을 척하니 올리고는 방긋 웃는 유환이_

그리고 어리버리 병신처럼 헤벌쭉 웃어버린 나_

다시 한방 찍어 달라고 졸라대는 날 무시하고는 그 남자는 사라져 버렸다.

하긴 뭐 저 사람이 보고 말 사진인데 구리면 어때. 〉_〈

우린 계획대로 횟집으로 들어가 회를 시켰다.

아직도 살아있는 듯 빠끔거리는 광어새끼의 머리통에 달린 사시

눈. -_-;

어쩐지 찔려서 광어새끼의 머리통을 재떨이에 버려 버렸다.-_-;

"푸하하하하… 농담이었는데… 신경 썼구나. ^^"

"아냐. -_- 언능 먹기나 해."

"응. -_-"

간간이 입이 미어지도록 커다란 쌈으로 내 입을 찢어 놓으려고 하는 유환이 덕에 정말로 입술 한쪽이 살짝 기스나 버렸다.

워낙 늦게 도착한 탓에 우린 바로 돌아오는 기차를 타야만 했다.

"아쉽다…."

"그러네. -_-"

"훗… 그래도 난 즐거웠다."

"이하동문. -_-"

한참 유환이의 어깨에 기대어 잠이 들었고 중간에 눈을 살짝 떴는데_

헉… 이놈 내 고개를 손으로 받들고 잠이 들어 있었다. 팔 저릴 텐데….

그런 유환이의 손을 꼭 잡고 눈을 떠보니 녀석의 손이 내 가슴 근처로 아슬아슬 옮겨져 있었다. -_-;

큰일날뻔 했잖아. -_-;

Lollipop 63

며칠 후 학교에 갔더니 _

생전 나한테 말도 안 걸던 기집애 두 명이 다가왔다.

"아윤아. ^-^"

"-_-;; 왜 그러니…?"

"너랑 유환이 사겨??"

"무슨 소리야. -_-"

"이거…."

하면서 내미는 두툼한 잡지 _

자세히 들여다보니-_-;; 며칠 전 바닷가에서 찍은 사진이 잡지 속에 턱하니 자리 잡고 있었다. 그리고 작게 써있는 글이 눈에 들어왔다.

'언발란스 커플. -_-'

유환이는 특유의 처진 눈꼬리 꽃미소를 날리고 있었고 난 광어처럼 한쪽 눈은 다른 곳을 쳐다보고 어리버리 재수 없는 미소를 짓고 있었다.

켁. -_-

잡지를 살짝 뺏으려 했더니만 요년들이 가로채서는 다른 애들에게 보여주려는 지 가져가 버렸다. -_-;;

점심시간을 이용해 학교 앞 서점으로 달려가 거금 8000원을 주고는 한 권을 구입했다.

5교시, 6교시 내내-_- 잡지속의 우리 둘의 모습을 보고 웃음을 감추지 못하는 나다.

"뭘 그렇게 보냐?"

"유환아 이것 봐봐. -_-"

"뭔데?… 우하하하하하… 우리네."

"엉. 넌 실물보다 훨 잘 나왔는데 난 이게 뭐냐. -_-"

"너도 실물보다 난데? -_-a"

"죽을래?"

"하여간 웃기다…."

"응. -_-"

아까 내게 그 잡지를 보여줬던 두 지집애들이 우리반 애들 모두에게 선보였는지 다들 지나가며 내게 한마디씩 건넸다.

"니네 커플인지 몰랐어. 호호."

"언발란스 커플. 하하."

"은근히 잘 어울리네…."

링기미-_-

집으로 가려고 교문을 나서는데 멀리 사복차림으로 교문을 들어서는 연정이가 보였다.

"연정아… 어쩐 일이야. 학교 오는 길이야?"

"응…. 끝났나 보네…."

"응… 근데 어쩐 일이야."

"나… 휴학하려고… 휴학계 내러 왔어."

"휴학?… 휴학은 왜…?"

"그냥… 집에 일이 좀 있어서…."

한층 더 마른 연정이는 나와 유환이에게 눈인사를 하고는 학교 안으로 들어갔다.

"사교도 전학가고… 연정이도 휴학하고… 후…."

"연정이 엄마 아프신가부다."

"응…. 기분이 이상해 유환아."

"뭐가…?"

"그냥… 다 이상해…."

"떡볶이 먹을래?"

"응…. ^^"

정말 오랫만에 유환이와 마주앉은 떡볶이집. -0-

문제는 이곳에도 단무지가 있다는 사실이다. 사실 이거 안 먹어도 그만이건만 왜케 자존심이 곤두서는 지…. 후아. -0-

"단무지 5개 이상 먹지마. -0-"

"너 다 먹어. 안 먹어."

"왜 그래. -_- 적응 안 되게."

"생각해 보니까 유치해…."

"-_-^…"

한순간에 유치해진 나 -_-;;

떡볶이를 다 해치우고는 녀석과 이쑤시개로 이빨을 쑤시며 나왔다. -_-

"유환아…."

"어."

"우리 넷 사이에서 둘이 빠지고 나니까… 허전하다."

"우리… 넷…?"

"응…. 넌 안 그래?"

"솔직히 말 해도 되냐?"

"응. 넌 늘 솔직하잖아. -_-"

"이런 말하면 나 존나 나쁜 새낀데 말이야. 솔직히 좀 가벼워. 마음이 가벼워졌어…. 홀가분 해."

"뭐라… 구?"

"가볍다고…."

"가유환…."

"미안하다…."

난 녀석의 미안하단 말이 떨어지기가 무섭게 돌아서서 빠른걸음으로 집으로 향해버렸다.

나쁜 놈… 한때는 친구였는데… 많이 친하다고 생각했는데… 가볍다고…? 홀가분 하다고…?

"야… 아윤아!!"

"됐어!! 너랑 말하고 싶지 않아…. 이기적인 놈."

"그래. 나 이기적이야. 아직 철이 덜 들었는지 선천적으로 나쁜 새낀지 우리 둘만 남은 게 좋아…. 이게 훨씬 좋아…."

"됐어. 더 이상 말 하지마…. 실망하고 싶지 않아…."

"난 이게 더 좋아…. 니가 나 안 받아들여도 나란 새끼가 별로여도 그래도 난 둘이 좋아…."

"……."

Lollipop 64

-by 유환-

아주 어린시절 _
아버지에게 선물 받았던 작은 책 하나를 난 잊을 수 없다.

==

제목: 아낌없이 주는 나무

먼 옛날에 한 그루의 나무가 있었습니다.
그리고 그 나무에게는 사랑하는 한 소년이 있었습니다.
그 소년은 하루도 빠짐없이 나무에게로 와서
떨어지는 나뭇잎을 한 잎 두 잎 주워 모았습니다.

그리고는 나뭇잎으로 왕관을 만들어 쓰고는
숲속의 왕자가 되어 놀았습니다.
소년은 나무에 기어올라가서는
나뭇가지에 매달려 그네도 뛰고
그리고 사과도 따 먹고는 했습니다.
나무와 소년은 가끔 숨바꼭질도 했습니다.
그러다가 피곤해지면
소년은 나무 그늘에서 단잠을 자기도 했습니다.
소년은 나무를 너무나 사랑했고…
나무는 행복했습니다.

하지만 시간은 흘러 갔습니다.
그리고 소년은 차차 나이가 들어 갔습니다.
그래서 나무는 혼자 있을 때가 많아졌습니다.
그러던 어느 날 소년이 나무를 찾아갔을 때
나무가 말했습니다.
"얘야, 내 줄기를 타고 기어올라가서
가지에 매달려 그네도 뛰고 사과도 따 먹고
그늘에서 놀면서 즐겁게 지내자."
"나는 이제 나무에 올라가 놀기에는 너무 커 버렸는 걸.
나는 물건을 사고 싶고 신나게 놀고 싶단 말야.
그리고 돈도 필요해.
나에게 돈을 좀 줄 수 없겠니?"

하고 소년이 말했습니다.

"미안해. 나에겐 돈이 없어."

나무가 말했습니다.

"내겐 나뭇잎과 사과밖엔 없어. 얘야,

내 사과를 따다가 도회지에서 팔지 그래.

그러면 돈이 생길 거고,

너는 행복해질 거야."

그리하여 소년은 나무 위로 올라가

사과를 따 가지고 가 버렸습니다.

그래서 나무는 행복했습니다.

그러나 떠나간 소년은

오랜 세월이 지나도록 돌아오지 않았고…

그래서 나무는 슬펐습니다.

그러던 어느 날

소년이 돌아왔습니다.

나무는 너무나 기뻐서 몸을 흔들며

말했습니다.

"얘야,

내 줄기를 타고 기어올라와서

가지에 매달려 그네도 뛰고 즐겁게 지내자."

"나는 나무에 올라가 놀 수 있을 만큼 한가롭지 않단 말야."

하고 소년이 대답했습니다. 그는 또 말하기를

"내게는 나를 따뜻하게 해 줄 집이 필요해.
아내도 있어야겠고 어린애들도 있어야겠어.
그래서 집이 필요하단 말야.
너 나에게 집 하나 마련해 줄 수 없겠니?"
"나에게는 집이 없단다."
나무가 대답했습니다.
"이 숲이 나의 집이야.
하지만 내 가지들을 베어다가 집을 짓지 그래.
그러면 행복해질 수 있을 거야."
그리하여 소년은 나무 가지들을 베어서는

자기의 집을 짓기 위해 가지고 갔습니다.
그래서 나무는 행복했습니다.
그러나 떠나간 소년은
오랜 세월이 지나도록 돌아오지 않았습니다.
그러다가 그가 돌아오자
나무는 말할 수 없이 기뻐서,
이렇게 속삭였습니다.
"얘야,
이리와 놀자."
"나는 이젠 나이가 너무 들고 비참해서 놀 수가 없어."
소년이 말했습니다.
"나는 나를 먼 곳으로 데려갈 수 있는

배 한 척이 있었으면 좋겠어.
너 내게 배 한 척 마련해 줄 수 없겠니?"
"그럼 내 줄기를 베어다가 배를 만들려무나."
하고 나무가 말했습니다.
"그러면 너는 멀리 떠나갈 수 있고…
그리고 행복해질 수 있을 거야."
그리하여 소년은 나무의 줄기를 베어서
배를 만들어 타고 멀리 떠나가 버렸습니다.
그래서 나무는 행복했지만…
정말 그런 것은 아니었습니다.

그리고 오랜 세월이 지난 뒤에
소년이 다시 돌아왔습니다.
"얘야, 미안하다,
이제는 너에게 줄 것이 아무 것도 없구나…
사과도 없고…"
"이빨이 나빠져서 사과를 먹을 수가 없어."
소년이 말했습니다.
"내게는 이제 가지도 없으니
네가 그네를 뛸 수도 없고——"
"나뭇가지에 매달려 그네를 뛰기에는
나는 이제 너무 늙었어."

소년이 말했습니다.
"내게는 줄기마저 없으니 네가 기어오를 수도 없고--"
"나는 힘이 없어서 기어오를 수도 없어."
소년이 말했습니다.
나무가 한숨을 지으며 대답하기를
"미안해,
무언가 너에게 주었으면 좋겠는데…
하지만 이제 내게 남은 것이 하나도 없어.
다만 늙어버린
나무 밑둥 뿐이야. 미안해…"
 "이제 내게 필요한 건 별로 없어.

그냥 앉아서 쉴 조용한 곳이나 있었으면 좋겠어.
나는 몹시 피곤해."
소년이 말했습니다.
"아, 그래."
하며 굽은 몸뚱이를 애써 펴면서
나무가 말했습니다.
"자, 앉아서 쉬기에는
늙은 나무 밑둥이 그만이야.
이리로 와서 앉아.
앉아서 편히 쉬도록 해."
소년은 나무가 시키는 대로 했습니다.

그래서 나무는 행복했습니다.

==

작은 책을 덮으며 다짐했던 그 마음을 아직 난 기억한다.

누군가에게… 이 다음에 내가 사랑할 누군가에게 난 꼭 아낌없이 주는 나무처럼 모든 것을 다 주어도 아까울 것 없는 사랑을 베풀자.

그 다짐을 하고 10년이란 시간이 흐른 뒤에 난 아낌없이 내 사랑을 베풀 수 있는 한 사람을 만났다.

강아윤 _

처음 그 애를 보았던 중학교 1학년 때가 아직도 생생히 내 머리속에 자리잡고 있다.

아윤이는 작은 키에 유난히 검고 빛나는 머리카락을 가지고 있었다.

"엄마…, 남자는 여자를 보호해 줘야하는 거지…?"

"그렇지…."

"그런데 그 여자애가 날 싫어하면 어쩌지?"

"우리 유환이 누굴 보호해 주고 싶니?"

"응. 엄마… 근데 그 애가 날 싫어할까봐 겁나."

"우리 착하고 이쁜 유환이를 누가 싫어해. 듬직하고 이쁘게 커서 나타나면 분명 그 아이도 우리 유환이를 좋아할거야."

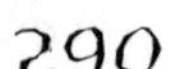

“응 엄마. ^-^”

그렇게 10년 동안 난 멋진 남자가 되기 위해 나름대로 노력해 왔다.

그런데 그 아이 앞에만 서면 소심하고 쪼잔하고 밴댕이 속알딱지에 갑바도 없는 그런 철없는 남자아이가 되고 만다.

이게 아닌데… 이런 게 아닌데…. -_-

고등학교에 올라오면서 점점 커져만 가는 내 사랑을 주체 하기가 힘들어져만 갔다.

고백. 고백. 고백….

온 종일 머리속에 박혀있는 한 단어… 고백….

정말 아윤이 말대로 난 소심하고 약해빠진 새낀지_

“니가 좋아….”

그 한마디가 쉽사리 나오지 못했다.

날 남자로 보지도 보려고도 안 하는 녀석에게 고백을 입에 담는다면 녀석은 분명 날 보려고 하지도 않을테니 _

그 사실을 너무나 잘 아는 나일테니 _

늘 붙어다니며 내가 지켜 본 아윤인 다행히 한번도 어떤 남자에게도 관심을 보인 적이 없었다.

고백의 근처에 한 걸음 한 걸음 다아갈 때 쯤 _

돌연 불청객이 끼어들었다.

그 이름도 귀여운-_- 권사교….

십송같은 새끼. ㅜ0ㅜ

난 10년 동안 준비해 온 사랑이란 단어를 녀석은 단 한 달 만에 점령해 오고 있었다.

불안해. -_- 존나 똥쭐타는 이내 마음을 권사교 니늠의 새끼가, 강아윤 요 발찍한 것이-_- 알아줄 리가 없지.

하루하루가 지옥같은 나날들 _

Lollipop 65

날마다 내 손을 아무렇지 않게 잡는 너 _

날마다 내 갑바를 아무렇지 않게 쪼물럭대는 너 _

날마다 미친 망아지 새끼처럼 벌덕벌덕 내 등에 업히는 니가 좋다.

사교가 전학을 가고 연정이가 휴학을 한다고 한다.

내게 나쁜 새끼라고 이기적인 놈이라고 욕해도 그래도 난 지금이 더 행복하다.

아윤이가 화를 내고 먼저 가버린 후 난 재빨리 서점으로 향했다.

고등학교 남학생이 잡지를 뒤척이니 시선이 고울 리가 없지.

-_-;

식은땀을 흘리며 계산을 마친 후 아윤이와 내가 나온 페이지만 찢어 갖고는 잡지 한 권을 그냥 휴지통에 던져버렸다. -_-+

아무리 내가 좋아한다지만 너무하게 생겨먹은 거 아니니. 강아윤.

후후…. 정말 광어새끼 같잖아. -_-'

그날 밤 중학교 친구 놈의 연락을 받고 저녁 때 잠깐 동네 술집을 찾았다.

"가유환… 요새도 그 한결같은 천사표 사랑하고 계신가?"

"미친새끼. ㅡㅡㅗ"

"하하… 생각해 보면 존나 웃겨… 그치? 우리들 앞에서 천하의 터프가이가 사랑 앞에선 그렇게 온순한 양이 될 수 있냐. 요새도 그래?"

"우울하게도 그런다. -_-"

"언제까지 그럴건데…. 냅다 질러버려. -_-"

"뭘 질러 미친새끼. 술이나 처마셔."

"고백은 했냐? 훗… 고백이란 단어도 웃긴다 새꺄."

"했어…. 했는데 날 피해…. 훗…."

"강아윤이… 사람 볼 줄 모르네…."

정말이다. -_- 고년이 사람 볼 줄 몰라도 한참 모르지.

쓴 소주 두 잔을 입속에 털어넣었다.

이젠 쓰지도 않네…. 젠장.

한참동안 주거니 받거니 받으시오~~ 따르시오~~를 마친 후 무거워진 몸을 이끌고 골목에 들어섰다.

어라… 내가 취하긴 취했나보네…. 헛게 보이잖아. -_-;

"가유환!! 이 나쁜 놈아!!!!"

헛게 아니었어 o_o? 진짜 아윤이네….

"너 왜 나와 있어…?"

"너 괘씸해서 한 대 패주려고 기다렸다. 썩을 놈. -_-"

"썩을 년. -_-"

"헉. 이 새끼가…!"

마구 다가와 작은 주먹으로 내 가슴을 후려치는 아윤이 _

아프다. -_-;;

입이 불쑥 나온 아윤이의 화난 모습을 보며 울컥-_- 미친새끼가 키스하고 싶다는 생각을 했다.

맞으면 맞을수록 더 키스하고 싶다. -_-

젠장할….

"그만해!! 아퍼!!"

라는 말을 하며 아윤이의 작지만 매운-_-주먹을 꼭 낚아챘다.

"이 인정머리 없는 새끼. 이기적인 놈."

"니가 더 이기적이야…."

"내… 내가 뭘!!"

"너도 나한텐 이기적이야…. 내 마음 뻔히 알면서 모른 척 하잖아…. 넌 왜 항상 받으려고만 하는데…?"

술이 취해서 그런지-_- 솔직하게 말이 잘도 나온다.

"그건… 그건…."

머뭇머뭇 말을 못하는 아윤이 _

살짝 끌어다 품속에 가둬 버렸다.

얼굴이 후끈… 귓볼이 후끈 달아올랐지만 지금 내가 큰 잘못을 하고 있다는 걸 알지만… 멈추지 않았다. -_-;

Lollipop 66

씩씩… 거칠었던-_- 아윤이의 숨소리가 점차 쪼그라 들었다.

두 주먹을 꼭 쥐고 날 방어 하듯이 가슴팍에 모아둔 아윤이의 두 주먹_

훗…. 갑자기 웃음이 났다.

내가 지금 무슨 짓을 하고 있는거야.

살포시 아윤이를 품에서 떨어뜨리고는_

"미안해…."

라고 정중한 사과를 건넸다. -_-;

"유환아…."

"미안해…. 내가 술 취해서 그래…. 오늘 이랬다고 내일부터 또 나 피하지 마라…."

"안는 게 뭐…. 업히는 거나 안는 거나… 그냥 따뜻했던 포옹이라고 생각할게…. 그리고 니가 한 말… 나 이기적이란 말… 맞는 거 같아…. 그동안 니가 너무 익숙해져서 내 생각만 한 거 사실이 잖아."

"됐어…. 헛소리였어."

"나… 많이 반성할게. 많이 생각할게…."

"들어가…."

아윤이 집 대문 앞까지 와서는 벨을 눌러주고는 뒤돌아섰다.

씹… 오늘따라 내가 왜 이렇게 초라하고 작게 느껴지는 지 잠시 동안 쥐구멍이라도 있으면 몸을 숨겨버리고 싶다.

방으로 들어와 주머니에 넣어두었던 잡지속의 사진을 꺼냈다.

훗… 그동안 내 사랑을 한 번도 작게 느껴본 적 없었다.

너무나 당연하게… 내가 아윤이를 사랑하는건 너무나 당연한 사실이었는데…. 그런데 오늘은 나란 새끼가 마냥 초라하고 이런 현실이 마냥 짜증스럽기만 하다.

세상엔 노력하면 안 되는 일이 없다고 아버지는 늘 말씀하셨는데 아버지의 말씀은 거짓이었다. 때려죽여도 안 되는 일이 있긴 하다.

내가 미치도록 사랑하고, 그리워하고, 아껴줘도 날 봐주지 않는 사람도 있다. 한때는 보기만 해도 좋을 때가 있었고 바라만 봐도 행복했을 때가 있었다.

하지만 욕심… 욕심이 생긴다.

이젠 함께 바라보고 싶고 함께 위해주고 싶다.

그날 밤 미친 듯이 주먹으로 베개를 때려 눕히고 지쳐 잠이 들었다.

Lollipop 67

밤새도록 유환이의 말들을 되새겼다.

이기주의자… 이기주의자 _

강아윤 이기주의자…. ┬0┬ 맞아… 난 늘 그랬어…. 받기에만 익숙해진 나는 그 소중함을 잊은 채로 살아왔잖아.

다음 날 아침…こ,.こ

퀭해진 눈을 뜨고는 식탁에 앉았더니 엄마고 아빠고-_- 내 얼굴을 보고는 모두 말없이 숟가락을 놓으셨다.

딸내미의 면상이 밥맛 떨이지십니까.-0-

어쨌든 어제 고민의 결론은 이제 유환이에게 잘하자!! 노력하자!! 그거였다. -_-;;

아자!!! 힘!!!-_-!!!

드르륵 교실 뒷문을 열고 들어갔더니 이미 등교를 해서는 엎어져있는 유환이의 넓은 등짝이 눈에 들어왔다.

짝!!!

"아씨… 뭐야. -_-"

"유환아 나야. -0-"

"너 눈이 왜 그러냐? =_="

"그러는 넌 왜 그러니? -_-"

"학교에 왔으면 어서 가방풀고 공부나 해라."

하며 다시 엎어져 잠을 자는 유환이 _

잘 할려고 했는데 새끼 면상보니 울컥~ 잘 할 맛이 떨어진다.

1교시가 끝나고 힘겹게 눈을 떴는데 유환이 옆에 우리반에서 제일로 이쁜 척하시는 공주님이 서있다.

쟤는 어쩐일이래. -_-a

둘이 원래 아는 사이였나. -_-; 한번도 말하는 거 본 적 없는데 꽤나 친한 사이인 듯이 농담 따먹기를 잘도 한다.

수업시간 종이 치고 공주님이 물러나시고 난 유환이를 야릇한 눈빛으로 쳐다봤다.

"뭐야…. 왜 그렇게 보는데…. -_-"

"너 쟤랑 알어-_-?"

"오늘부터 알라고. ^-^"

"췟-_- 작업이라도 해 보실라고?"

"어…"

어… 라고-_-? 작업… 을?

어제까지만 해도 나 좋다고 했던 사람이 너 아니니…. 그새 변심이라도 한 건가. -_-a

"니가 꼬신다고 공주님이 넘어 오실랑가? ^-^"

"이미 반 넘어온 거 같은데? 훗…."

"너 왕자병 같은 거 없었잖아. -_-"

"그동안… 왜 한 사람만 보였을까…? 이렇게 쉬운 걸…."

라는 이상한 말을 남기고는 뒷문을 열고 나가버리는 유환이 _

내가 저 녀석을 너무 질리게 해 버린걸까? 이젠 내가 밥맛이라도 떨어진 걸까? 이렇게 손발이 안 맞아서야 어디 뭘 해먹겠어!!!

그 후 쉬는 시간마다 공주님은 유환이 옆으로 쪼로로록 달려와 10원어치도 안 되는 값어치의 수다를 떨고는 물러난다.

옆에 앉아있는 나는 이미 오래 전에 마네킹 취급이다. -_-;;

"가유환…."

"왜."

"뭐 하자는 거야…?"

"뭐가…."

"됐어!!"

어제 밤새 고민한 내 생각의 결론은 결국 아무것도 아닌 쓰레기가 되어버렸다. 지조없는 놈 _

이런 식으로 나온다고 내가 질투작전이라도 펼칠 것 같드냐.

그치만 집에 혼자 가는 건 싫단 말이야.

"나 집에 먼저 가?"

"어…."

"잘 해봐라…. 훗…."

쌩하니 녀석을 지나쳐 교문을 벗어났다. 한참동안 걸어간 후 살짝 뒤를 돌아봤는데 그 사이에 녀석와 공주님은 사라져버린 후였다.

Lollipop 68

방구석에 콕 처박혀 별이 총총 뜰 때까지 앞구르기를 해댔다.

그새 살이 많이 쪘나. 예전엔 식은죽 먹기였는데 뱃살이 겹쳐서 힘들어진다. -_-;

이 새끼 지금 뭐하고 있으려나…. 공주님이랑 맛난 거 먹고 있겠지….

배고픈데 나만 빼고 맛난 거 먹기만 해봐. -_-

Rrrrr

아싸!! 라 비용!! >_<

심심한 때에 잘도 맞춰서 울려되는 전화기 _ 싸랑스런 나의 전화기. >_<

"여보세요. ^-^"

"아윤이 전화 맞나요?"

"네네!! 맞습니다. 누구세요? ^-^"

"나 주연이야 요논아."

"헉… 주연이?… 정말 주연이야? +_+"

"개논 -_- 죽었는 주 알았다…."

"주연아…. 반가워 주연아…. ㅠ0ㅠ"

중학교 때 붙어다니던 내 친구 주연이 _

한동안 잊고 지냈던 아이 _

내 친구 주연이에게 전화가 왔다.

반가움 반 미안함 반으로 눈물까지 그렁거린다면-_- 뻥인 거 너무 티날라나? 히힛_

"야… 너 지금 어디야~~"

"주연아 넌 어디니…? ㅜ0ㅜ"

"여기 우리 다녔던 중학교 앞이야. 애들 몇 명 만나서 놀다가 니 전화번호 간신히 알아내서 한거다, 요놈아."

"보고싶다…ㅜ0ㅜ…."

"지금 나와!!"

"증말 =_=?"

여차여차해서 난 근 2년만에 내 친구 주연이와 상봉을 하게 되었다.

많이 변해버린 주연이_

귀엽던 모습은 온데간데 없고 보일듯 말듯 한 실눈썹과 덕지덕지 화장에 짧은 미니스커트_

"주연아… 많이 변했구나. ^-^;;;"

"세상이 날 이렇게 만들었어!!^-^!!!"

"응… 그… 그래. -_-;"

주연인 날 보자마자 인근 술집으로 인도했다. 엄마가 착한 사람이랑 놀랬는데…. -_-;;

아니야 아니야. >_< 주연이가 몰골은 이래도-_- 착한 놈이지…. 심성이 고운 놈이었어…. ㅠ0ㅠ

주연이와 못 만났던 2년간의 이야기를 펼치기엔 시간이 너무나 부족했지만 요약정리의 대마왕인 나는 간략하면서도 요점을 명확히 집어가며 이야기 보따리를 풀어재꼈다.

"그래서 요새도 유환이랑 붙어다녀?"

"응…."

"아… 그놈… 탐나는 물건인데…. ^-^"

"탐나 -_-?"

"당근이지!!! 귀엽잖아…. 뽀하하하_"

"…-_-…"

살짝-_- 지난 기억이 떠오른다.

중학교 2학년때 내가 유환이와 같은 동네에 사는 걸 무척이나 부러워하며 주연이가 맛난 걸 많이 사줬었다. -_-;;유환이에게 말 좀 잘 해달라고….

"유환아 유환아… 내 친구 주연이 알지?"

"어."

"걔 어때^-^?"

"어떠냐니 -_-?"

"걔 디따 착해…. 이쁘구…. ^-^"

"안경이 골뱅이 같이 뱅글뱅글거려. -_-"

"아냐아냐. 니가 몰라서 그래. 안경 벗으면 눈 굉장히 이뻐."

"우엑. -0-"

그렇게 끝났던 슬픈 이야기_

주연이는 쓰디쓴 소주를 한 잔 벌컥 들이마시며_

"니네 정 많이 들었겠다. 몇 년을 붙어다니는거야…."

"미운정 많이 들었지…."

"복에 겨운년. 정을 미끼로 사겨달라고 구걸이라도 해봐. -0-"

"켁…."

"너 고백한 적 있지? 하하… 유환이가 싫다고 거절했지?"

"그런 거 아니야. -0-"

"언니한테 창피한 게 뭐가 있냐!! 말해봐!!"

"됐으니 -_- 넘어가자…."

그동안 주연인 발라당 까진 외모만 변신한 것이 아니라 주량도 많이 키웠는갑다.

소주 두 병을 생수 마시듯 깔끔하게 비웠다.

독한계집-0-

밤새도록 함께 있자고 말하는 주연이와 다음 만남을 기약하며 억지로 이별을 하고 집으로 가려고 택시를 잡는데 앞에 공주님과 유환이 놈이 서있는 모습이 눈에 들어왔다.

지금 시각이 몇 신데…. -0-

정신없는 놈…. 여기서 뭐하는 거야!! 이 시간까지!!

"가유환!!!-_-!!!"

Lollipop 69

"가유환!!"

"어?… 너 이 시간에 왜 밖에 있어-_-?"

"그러는 너는 너는 너는!!! 지금이 몇 시야. 엉-_-? 이 시간까지 뭐하는 거야!!!"

땡글땡끌땡글 오징어 눈깔을 한 공주년이 유환이 옆에 딱 붙어서는 날 미친뇬 보늣 바라본다. 눈 깔어 이뇬아!!!!!-_-!!!!!

"집에 가자…. 늦었어!!"

"너 먼저 가. 나 얘 데려다 주고 가야지."

"뭐라구 -_-? 나 혼자 떨어지고 넌 쟤랑 가겠다고 -_-?"

"넌 집 가깝잖아. -_-"

"시간이 늦었잖아!!"

"그럼 같이 갔다가 갈래?"

"음. -_-a 응!!-_-!!"

황당하다는 듯이 날 바라보시는 공주님-_-

내가 가서 뜹냐 이 여우야….

결국 어이없게 유환이를 사이에 두고 나, 유환이, 공주님이 나란히 택시에 탔다.

택시 아저씨는 허허 웃으시며-_-

"인기많네… 남학생.^^"

말씀하셨다. -_-;

공주님댁에 도착…☆★

유환이는 등에 메고 있던 가방딱지를 공주님에게 건넨다.

어라. -_- 가방까지 들어주셨었군.

맞어. 이놈은 그동안 내 가방도 들어주는 게 주특기였어.

아쉬운 듯 사라지는 공주님 _

"이제 가자…."

"응. -_-"

"그냥 먼저 가지 여기까지 왜 따라오냐. 너도 참 이상하다."

"시간이 늦었다고 몇 번 말해. -_- 엉?!!?!?!?"

"왜 소리를 지르고 그래. -_-"

"니가 열딱지 나게 하잖아!!!"

"켁. -_-"

새벽이라 그런지 택시는 총알같이 다시 우리 동네에 도착을 했다.

"들어가."

"어… 근데… 너!"

"어?"

"공주님하고 언제까지 그렇게 붙어 다닐건데…?"

"모르지. -_-"

"뭐야!! 장난 하지마!! 니가 장난 삼아 던진 돌멩이에 공주님 맞어 죽어…."

"장난이라고 누가 그래?"

"그… 그럼 뭐야!!"

"나라고 한 사람만 바라보란 법 없잖아."

"……."

"나도 사람인데… 심장도 있고 인내심의 한계라는 거 있는 인간인데… 평생 한결같이 똑같아야 하는거야?"

"잘 가…."

화난 얼굴로 돌아서는 유환이 _

강아윤 너 왜 그래. 유환이 밀어낸 건 너야. 그래놓고… 그랬으면서 왜… 유환이는 한결 같기를 강요하는거야.

나쁜 년… 못된 년… 썩을 년. -_-

자기밖에 모르는 이기주의자 _

잠들기 직전까지 거울을 보며 혼잣말을 반복했다.

"이기주의자… 이기주의자…."

또다시 대답하는 거울 _

"주인님이 세상에서 제일 예쁩니다."

이 미친 거울 _

다음날 아침 일어났더니 거울앞에 쪼그리고 앉아있었다.

아이구… 허리야…. ㅠ0ㅠ

등이 새우처럼 굽어버리는 건 아니겠지….

그 후 며칠 사이 유환이는 갈수록 공주님과 가까워졌고 난 그 주위를 뱅뱅 맴돌며 안절부절 정신을 못 차리고 있다.

차라리 짝이라도 바꿨으면 좋으련만. -_-;;

쉬는시간만 되면 쪼로로~~ 달려오는 공주님 면상을 보기도 쉬운 일은 아니다.

수업이 끝나고 난 오늘도 짝 잃은 외기러기가 되어 교문을 나온다.

"왕따 같애. *^^*"

뭐야. -_- 설마 나보고 하는 소리는 아니겠지.

"왕따왕따왕따. ^-^"

누구야 대체.

휙 하고 돌아본 곳에 믿을 수 없게도 사교가 웃으며 서있었다.

"권사교…!!"

"훗^-^… 오랫만이다."

"사교야. 너 어쩐 일이야!!"

"반갑지. ^-^"

"야야~ 어우야~ 너무 반가워. 〉_〈"

못 본 사이 사교는 더더욱 빤지르르르 얼굴이 반질반질 윤이나게 핸섬해졌다.

새끼…ㅠ0ㅠ…말만 안 하면 증말 킹칸데….

"사교야사교야…. ㅠ0ㅠ"

"왜왜-_- 아윤아 아윤아."

"어쩐 일이야. 근데…!! 연락 한 번 없구. 나쁜놈…. 너 전화번호도 바꼈든데…."

"너 보러 왔지. ^-^ 핸드폰 필요 없어서 버려 버렸어."

"응응. 암튼… 우리 조용한 데로 가자."

"그래. ^-^"

난 사교의 팔을 끌고 학교에서 제일루 가까운 아이스크림 가게로 들어갔다.

Lollipop 70

커다란 아이스크림을 사이에 두고 우린 한동안 말없이 서로의 달라진 모습을 찾듯 훑어 보았다.

"나 더욱 멋있어졌지. ^-^"

"ㅡ ㅡㅗ"

"좀 솔직했으면 하네 -_-아윤양."

"좀 겸손했으면 하는구료-_- 댄스…."

"근데 왜 혼자야??"

"인생은 원래 외로운 법이야. -_-d"

"유환이는?"

"먼저 갔어. 그 새끼 여자 생기고 나 맨날 혼자 다녀, 사교야…. 너라도 다시 전학오면 안 될까나? 응?응?"

"그렇구나…. 근데 아윤아… 기쁘게도 난 다시 전학 못가. 나 이민 가.^-^"

"웁스 ㅇ_ㅇ… 정말?… 증말로?… 왜왜?"

"꼰대 없는 곳에 가고 싶어서…."

"엄마랑 단 둘이 가는 거야?"

"응…."

잠시 얼굴빛이 어두워진 사교는 한동안 아이스크림만 휘휘-_-젓더니 곰새 특유의 웃음을 되찾았다.

"훗… 근데 유환이가 진짜 여자가 생겼어?"

"응. -_-^"

"하하… 너 표정이 근데 왜 그러냐…. 아쉬워?"

"누가 아쉽대!!!-0-!!!! 그냥 나 왕따시키니까 열 받아서 그르지…. ㅠ0ㅠ"

"원래… 놓친 고기가 커 보이는 법이야. ^^"

"그런 거 아니야!!!-_-!!!!"

"우리 아윤이는 언제 어른이 될까. ^-^ 너 잘 생각해봐…."

"뭘."

"니 마음… 가슴에 손을 얹고 곰곰히 생각해봐. 니 진짜 마음이 무엇인지…."

"……."

사교녀석이 지금 무슨 말을 하는 지 정확히 알 수는 없지만 가슴 한구석이 콕콕… 찔려옴이 느껴진다.

단순한 배신감은 아닌데… 그렇다고 내가 유환이 놈을 마음에 두고 있다던가 그런 건 아니야…. 아닐거야….ㅠ0ㅠ

불길한 이내 마음 -_-; 사교는 알 수 없는 웃음을 씨익 지으며 혼자 룰루랄라~~ 콧노래를 흥얼거린다.

"유환이랑… 너… 많이 닮았어."

"뭐시라 -_-?"

"니네 가만히 보면 너무 닮아서 가끔 헷갈릴 때도 있었어…."

"얘 뭐라는거야!!-_-!!!"

"유환이 새끼 너무 오랫동안 정착해서 갑갑한 거야. 그래서 잠시 바람 쐬는 중일기야…. 니가 이해해 줘라. ^-^"

"-_-;…"

"내 말귀 하나도 못 알아먹지, 너…. -_-"

"응. -0-"

"나중에 다 알아들으면 미국으로 건너와서 한턱 쏴!!^-^!!"

"— —"

오랜만에 만난 사교는 혹시나 했었는데 역시나 느물느물 날 손바닥 위에 올려놓고 가지고 노는 듯 여유로와 보였다.

예전보다 한층 밝아진 웃음에 기쁘기 한량 없구나. -0-

녀석과 녹은 아이스크림에 빨대를 꽂아놓고 쭉쭉 들이키고 있는데_

'딸랑~'

"어서오세요…."

유환이와 공주님이 나란히 들어오셨다.

이런 제길. -_-

"가유환!!"

"어+_+ 사교야…."

둘은 남자답게 서로의 갑바를 튕기며 꼬옥 포옹을 한다.

"어쩐 일이야…."

"니들 보러 왔는데 넌 먼저 갔다고 해서 아윤이랑 얘기하고 있었어. ^^"

"어…."

사교는 유환이 뒤에 대롱대롱 매달려있는 공주님을 보고는 -_- 방긋웃음을 보인다. 새끼 친한 척은. -_-;;

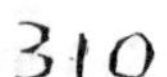

아… 맞다…. 사교도 우리반이었지. -_-;; 안면은 있는 사이로구나.

"니 이름이 여진이 맞지? ^-^"

"어?… 응…."

"기억난다. ^-^ 니가 나한테 편지 줬었잖아. ^-^ 사겨보자고…."

"…-/////-…."

켁 -_-;; 그런 일이…?

공주님은 아마도 사교에게 삐꾸기를 날린 적이 있었는갑다. 아무도 몰랐던 사실이 이제서야 드러나는구나. -_-;;

공주님은 한동안 어찌할 바를 모르고는 아둥바둥 거리더니 나가

버렸고 남겨진 나, 댄스, 유환이는 어색어색. -_-;;;

"우리 셋이… 한 잔 하까? ^-^"

눈치가 없는 건지-_-;; 넉살이 좋은 건지-_-;; 이미 모든 걸 간파하고 일부러 그러는 건지 사교는 딱 혼자만 신나서는 우리를 끌고 공원으로 향했다.

양손에 소주 4병을 달랑달랑 들고는. -_-;

Lollipop 71

공원에 신문지 네장을 펴고 우린 옹기종기 보기에도 참으로 안스럽게 모여앉았다.

"야, 오늘 멋지게 마셔보자. ^-^ 나야 늘 멋지지만…. 훗."

"-_-…"

"…-_-;;"

먼저 걸쭉하게 한 잔 마신 사교는 컵을 유환이에게 넘기며 _

"마셔!!! 말 좀 해라. -_- 뚜~~ 하게 앉아서는 그게 뭐냐!!!"

"미안하다…."

"괜찮아, 임마. 받어받어!!!"

받으시오. -_- 따르시오. -_- 어쭈구리 잔이 비웠구료. -_- 또 따뤄보시오. -_-

왔다리 갔다리 _

소주 세 병이 게눈 감추듯이 홀라당 사라져 버린다.

뭐든 약해빠진 유환이는 어느새 얼굴이 벌개져서는 갓 시집온 새각시 마냥 귀엽기 그지없다.

"너 얼굴 빨개. -_-"

"어…."

"그만 마시라고…."

"괜찮아…. 신경쓰지마."

이 새끼가 -_-!! 이젠 내가 말해도 내 얼굴을 보지도 않고 성의 없이 대답질만 해댄다.

썩을 놈 _

무시 당하는 이 기분 썩 달콤하지는 않다.

"아윤아, -_- 나도 취했는데 왜 유환이 걱정만 해.-_-"

"넌 취해야 정상인 같애. -_- 더 마실래? 따라줄까?"

"읍씨. -_-"

어느새 남은 한 병까지도 싸그리 사라져 버렸다.

"어~~ 술 이제 없네. ㅠ0ㅠ 나 술 사올게. 싸우지들 말고 있어."

사교는 술을 사온다며 어디론가 뛰어가 버렸다.

남은 우리들은 당연히 어색함의 극치를 달리고 있다.

오빠 달려~!! 우후. -_-

"공주님하고 재미 좋아 -_-?"

"……."

"이젠 대답도 안 해-_-? 어?"

"물어보는 의도가 뭔데…. 그게 더 궁금하네…."

"의… 의도는 무슨!! 잘 지내냐 이거지. -_-"

"잘 지내려고 노력하고 있어…."

"그래. -_- 잘 해봐!!!"

"……."

"이 나쁜 놈아…."

"…o_o…"

술 취했나. 나 왜 이래….

녀석의 고개숙인 모습에 어쩐지 울컥 화가 솟구쳐 오른다.

"이 지조 없는 새끼…."

"……."

"나 좋다고 말한 지 며칠이나 됐다고 다른 년 만나냐!!!! 배신자…."

"너… 취했어…?"

"그래 취했다, 망할놈아…!!"

"나 싫단 건 너였어!! 이런 거 바란 사람도 너였고…."

"누가 이딴 거 바랬대?… 누가 내 앞에서 다른 여자 만나는 거 보여 달랬어?"

"나 지금 니가 말하는 거… 무슨 뜻인지 모르겠어, 아윤아…."

"나도 몰라. 내가 지금 무슨 말 하는 건지 나도 모르는데 니가 그 공주님 만나는 거… 너무 싫어…. 너무너무 싫어!!!!"

"강아윤…."

"나쁜 놈…."

술이 취하긴 단단히 취했지. -_-;; 미쳤어미쳤어.

울 타이밍은 분명히 아닌 거 알겠는데 볼 위로 뜨거운 눈물 두 가락이 흘러 내린다.

"너… 울어…?"

"그럼 눈에서 콧물이 나오겠냐. ㅠ0ㅠ…"

"왜 우는데…."

"몰라. 그냥 화가 나. 그 공주년 머리털 죄다 뽑아놓고 반쯤 죽여놓고 싶어…. 그게 내 마음이야. 너도 죽도록 때려주고 싶어…."

"……."

"얘들아!! 내가 왔다. ^-^"

덜렁덜렁 검정봉다리를 양손 가득 들고 나타난 사교 _

보이진 않지만 적어도 10병 정도는 되는 듯한 소주 _

저새끼가 누굴 죽일려고 작정을 했나…. -_-;;

"나 돈 많이 썼어. ^-^ 착하지…."

"이놈아 -_- 그걸 누가 다 먹어!!!!"

"나랑… 사랑 싸움하는 유환이랑 너. ^-^"

"……."

사랑 싸움이란 단어에 뻘쭘해진 분위기 _

"나 저기서 니네 말하는 거 다 들었다. ^-^"

"……."

"……."

"내가 보기엔 아윤이랑 유환이 둘 다 서로 좋아해. -_- 근데 왜 싸워 -_-?"

이 새끼가 -_-!!

사교의 말이 끝나고 어찌할 바를 모르고 버둥대던 난 _

"나… 화장실 갈거야!!!"

하며 일어섰다.

일어서는 내 팔뚝을 떡하니 잡는 유환이 _

o_o……

그리고 양반다리를 하고 앉은 지놈의 다리 위로 날 잡아당겨 벌러덩 안기게 만들어 놓고는 _

"사교야… 우리 어울리냐?"

라고 말을 한다. -_-;;;

"뭐 하는거야!! 놔…."

"사교가 보기엔 너도 날 좋아한데… 근데 난 사교 말이 맞다고 믿고 싶어…. 틀린 말이라면 내가 저새끼 죽일거야. -_-"

"……."

"맞어…? 니가 나한테 화내는 게… 질투야?"

"……."

"대답해…."

"……."

"내가 여진이하고 있으면 열받는 거 질투야?"

"……."

"10번만 더 물어볼까 -_-?"

"공주 만나지마!!-_-!!"

"^-^… 알았어. 대신… 니가 나 평생 책임져…."

"…-///-…"

우리의 닭살 대화가 이루어지는 동안 소주병을 들고 노래를 부르기 시작하는 사교_

'당신은~사랑받기 위해 태어난사람…♩♪'

당신을 싸이코로 임명합니다.

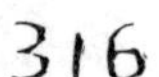

그날 밤 -_-

밤새도록 난 유환이의 무릎 위에서 10원짜리 놀이개가 되어 벗어나질 못했다.

다음날 도착한 한 통의 메일_

보낸이: 가유환.

제목: 없음. -_-(성의없는 새끼)

중학교 1학년 때 전 첫사랑을 만났습니다.

그녀는 아기처럼 밝은 웃음을 간직하고 있었습니다.

그 후로 전 하루도 거르지 않고 꿈을 꿉니다.

밤마다 그 아이가 꿈에 나타나 절 괴롭힙니다.

언젠간 절 사랑해주겠다고 약속만 한 채로 아쉽게 이별을 합니다.

그 꿈이 이제 현실이 될 지도 모른다는 생각에 설레입니다.

첫사랑은 이루어질 수 없다는 말을 전 가장 저주합니다.

영원토록 그 사람의 짝이 되어 옆에 붙어있고 싶습니다.

그렇게 될 수 있도록 기도합니다.

그 기도가 꼭 이루어질 수 있도록 허락해 주세요.

강아윤… 당신을 사랑합니다.

메일을 두 번 세 번… 열 번을 읽고는 창을 닫지도 않은 채 신발을 신고 뛰어나갔다.

'띵동-띵동'

"누구세요."
"나야 나야. 나 아윤이야. 문 열어."
"웬일이야."
츄리닝 차림의 부스스 문을 여는 유환이 _
버럭 뛰어들어 녀석의 품속으로 파고들었다.
"아… 윤아."
"나… 난 정말 바본가 봐. 왜 그동안 몰랐을까. 너의 그 아낌없는 사랑을 왜 몰랐을까. 이제야 이렇게 뒤늦게 느껴 버렸는데… 지금도 괜찮은 거지? 늦지 않은 거지 유환아?"

"더 늦지 않은 게 감사할 뿐이야. ^-^"

꼬옥 날 안아주는 유환이 _

이제야 너의 사랑이 전해져 와.

이제야 사랑에 눈을 뜬 바보 같은 나야, 유환아.

너에게 받았던 사랑만큼, 아니 그보다 많이 ^-^ 더 많이 사랑할게.

사랑해 유환아.

-The End-

초판 1쇄 인쇄 2003년 8월 25일 / 초판 1쇄 발행 2003년 8월 26일
지은이 질투의 화신 (박윤희)
펴낸이 박대용 / 편집, 기획 최선영 · 임혜란
인쇄 대정인쇄 / 출력 프레스파크

펴낸곳 도서출판 징검다리 / 등록 1998년 4월 3일 (제10-1574)
주소 서울시 마포구 합정동 426-1 (우) 121-886
전화 3143-1966 · 332-3880 / 팩스 3143-2757
e-mail zinggumdari@hanmail.net

ISBN 89-88246-61-6 (03810)

나만보도록!!
우아~높다